KB194459

혼자 넘는 시간

일러두기

1. 시의 배열은 원본 시집의 간행 역순으로 하되, 각 부 내에서 일부 순서를 조정
   하였다.
2. 4부의 몇몇 시편은 약간의 개정을 했고, 원본 시집 중 연작시 부제에 붙은 번
   호들은 뗐다.
3. 현행 맞춤법에 준해 교정 교열하였으며, 발표 당시 한자로만 쓰인 단어는 한
   글로 바꾸고 옆에 소문자로 한자를 병기하였다.

혼자 넘는 시간

고재종 시선집

문학들

시인의 말

  길다면 길고 짧다면 짧은 40년을 시와 함께 넘어왔다. 그러다 보니 뭐 괜찮다 싶은 시 한 줄이라도 건졌나 하는 마음, 자괴의 마음에 늘 시달렸다. 하지만 10대 이후 마음 깊숙이 박힌 우울 (melancholy)을 시로 이겨왔던 것만은 분명하다. 그러기에 어쩌면 시는 내게 구원의 유일한 양식이었다. 여기에 무엇을 더하랴!

고재종

차례

1부

푸른 장미의 노래
― 혼자 넘는 시간

    혼자 있는 시간, 해거름의 방죽은 고요를 미는 바람과 떨리는 물결의 한량없는 조화 속이다. 그 속을 들고 나는 물총새며 저만큼의 산 위로 번지는 황혼의 자지러짐이 오늘의 만찬에 참예하는 것을 막을 도리는 없다. 내겐 거꾸로 든 산영의 그윽함만치나 시간도 잠기는 침묵을 익히는 이때쯤, 또 나는 방죽가에 일제히 나팔을 치켜든 노란 달맞이꽃 떼의 그 환한 나라에 닿기를 무척은 바라기도 했던 것인가. 그윽한 것과 환한 것이 애저녁인 양 섞이는 풍경이 내 속으로 들어와 나를 밝힌다. 나는 오늘도 푸른 장미라거나 붉은목풍금새라거나 그 꿈으로도 환치되지 않는 노래들과 마주하는, 다만 혼자 있는 시간이라네.

시간의 무늬
- 혼자 넘는 시간

혼자 있는 시간의 아침나절엔 텃밭의 상추, 고추, 가지를 가꾸며 시간을 잊는다. 혼자 있는 시간의 오후엔 책을 보거나 게으름을 피우며 나 자신의 시간을 넓힌다. 날것 그대로의 나와 갖가지 양념으로 요리된 나의 경계마저 지우다 보면, 어느덧 저녁이 연주하는 노래가 흐른다. 때론 뜨거운 차향 속에서 크레센도로 끌어올리는, 나 자신이 된 기쁨들을 퇧아 내는 연주들. 지리산의 어느 숲속, 소나무가 둘러친 연못 속의 물고기는 소나무 그림자를 제 몸의 무늬로 지닌다지. 그처럼 시간 밖의 풍경으로 일렁이다가 반짝이다가 젖을 대로 젖는 나의 심금과 또 궁구는, 나는 나도 아닌 채로 시방은 치자 향기가 번지는 고요에 든다.

솔새의 연주를 들었다

– 혼자 넘는 시간

　방금 듣기론 단박에 오솔길을 관통하는 작지만 높다란 새소리. 처음인 듯 그 소리에 문득 길이 휘청하네. 밤톨만 할까 화살나무군락 속, 생귤빛인가 가시들 엉킨 사이, 너무 작아서 더 크게 울리는 팔락거림. 보이지도 않는 무언가 이 야무진 것의 일격이라네. 하도나 맑고 밝아서, 애절한 바가 있어서, 무방비의 산행을 전복하는 관능의 현몰. 일렁이는 잎새 바람 속 그 어디 다른 세상으로 유혹하는 비밀의 호명. 또 한 번 작지만 높다랗게 울자 일파만파 환해지는, 다만 눈 시린 한적이네. 순간 눈앞을 스치는가, 진록의 깃털? 반짝 빛났던가, 노란 줄무늬 머리? 나는 보이는 것도 보이지 않는 것도 아닌 나라의 처음을 여는, 솔새의 연주를 들었다.

댓잎귀신들이 수묵을 친다

- 혼자 넘는 시간

바깥을 닫아건 고요와 나의 내부를 들여다보는 침묵이, 마주 앉은 시간의 창에 어른거린다. 창으로는 잊을 만하면 스며드는 밤새 울음, 그만큼이나 하나의 세계를 갈구하는 병은 내 상처를 먹고 자라는 수정난풀과도 같다. 그것은 또 우울한 몽상 위로 치커든 염화미소처럼이나 기어코는 닿지 못하는, 세계의 무한거울방! 꿈꾸는 사람은 결코 자신을 벗어나는 일이 없다는 듯, 마지막 구슬마저 첫사랑의 빛처럼 멀어져 버린 칠야삼경이다. 이때쯤 창에는 댓잎귀신들이 수묵을 친다. 사람에게 인생의 극적 순간을 찾고자 하는 본능은 아직도 있어서, 그 귀신들을 쓰는 달이 비춰 들면, 내 불면의 붓은 또 무슨 생각을 세워 귀신들을 달랠까.

장미와 롤리타
– 혼자 넘는 시간

　선홍빛 투구 같은 것을 쓰고는 담장을 넘어온 진군이 향기의 붉은 진동이다. 그것이 칠통 같은 침묵을 깨고 아침 빛살 아래 드러나는 데는 맑은 이슬 세례와 그 빛깔 그 향기의 처음인 우주를 직관해 내는 시인이 있을 뿐. 나는 예전에 한 처녀아이를 사랑한 적이 있었다. 그가 나를 만져대는 맨 처음 그냥 크게 데어 버렸다. 그 화상이 얼마나 큰 것인지 사는 동안 몰핀으로도 진정이 안 되는 통증이라는 걸 당시엔 몰랐었다. 하지만 나의, 앞선 혹은 이후의 영원한 침묵을 뜨겁게 탈출한 그 순간의 노래는, 고통이 부른 황홀이라는 데 담장 위 장미군단도 동의한다. 장미 앞에서 시쳇말로 멍 때릴 수밖에 없는 이유다.

연두와 초록 사이

   – 혼자 있는 시간

연두 초록의 요원이다. 걷잡을 수 없다. 멧비둘기는 너무 설레서인지 되레 구슬픈 배음을 깐다. 고요와 더불어 이내 초록은 청량 만 리로 일렁이는 사이, 덩굴장미의 선홍빛은 그 원색으로 가장 뜨겁고 그 눈부신 것으로 가장 처절한 사랑의 강령을 일깨운다. 자칫 어긋나서는 영영 제 자리를 잃어버린 시간들이 있었으되, 초록은 진초록으로 점점 더 엄중해지곤 했다. 그 사이에 또 소쩍새가 울고 그 파장으로 하늘의 운판이 저만큼 밀린들, 고양이는 또 박새 한 마리를 낚아채 버렸다. 이때쯤 마음은 늘 가닿지 못하는, 가닿았는데도 머물지 못하는 길 끝의 바람. 나만을 위해 예비된 날의 화목제는 초록의 사제들이 집행하리라. 한 번도 노래해 본 적 없는 생의 고갱이 같은 시구들이 간혹 초록바람으로 일렁인다.

독각
- 혼자 넘는 시간

몇 날 며칠을 두고 경향 간에 기별 한 점 없네. 한때는 고독의 용기를 꿈꾸었으니 푸른 안목을 반짝일 만도 하네. 반짝이는 건 지난봄 감꽃 졌던 자리에 알알이 매단 주먹송이들, 오늘의 일기는 쾌청하네. 누가 시키잖아도 자가 격리된 날들의 반복이라네. 이때쯤 죽순장아찌에 잡곡밥 먹는 점심의 습관은 망각을 이겨내는 지복이 아니던가. 산방에 들락거리는 바람엔 뼈를 말리고, 동박새서껀 저 울고 싶을 때 와서 울고들 가라지. 다만 괴로움의 민낯 같은 건 작년 폭우에 생채로 찢긴 석류 가지들. 정색하고 보면 끔찍한 얼굴일진대, 남은 가지에 터진 석류 속 그 맑고 붉은 보석들은 가령 독각의 사리라고나 할까.

바람과 함께 숲길을 걷는 일에 대하여
- 혼자 넘는 시간

　가진 거라곤 발걸음밖에 없어서 그 한가한 것을 척도로 삼는다. 오늘은 솔바람과 구름나무의 빛에 들려 숲 차원으로 돌아가는 길, 나는 어느 때부터 사람이고, 어디서부터 숨 닿는 나날이었던가. 이곳에선 게으름이나 빈둥거림도 삶의 한 방식이라서, 마구 쓸리곤 하는 억새밭에선 방황하고 표류하며 바람을 낳아 볼 수도 있지.

　그 바람 페이지를 넘기며 서글픈 인생을 고찰해 보지만 동안거에 든 나목 한 그루 해독할 수 없다는 건 오래된 진실. 일평생 호명 한 번 받지 못한 것들로 묵은 오솔길을 열어젖히니, 쓸쓸한 것들은 오소소 가랑잎 밭에 모인다. 늘 시간을 세는 이의 계절이 보다 나쁜 시기에 보다 빠르게 버석거리는 그런 생일지라도, 길목의 산다화 몇 점은 서릿바람에 씻긴다.

　이때쯤 때도 아닌데 멧비둘기 구욱국 울어댄다면 때로 적막보다는 그리움의 몽리면적을 넓혀 본들 어떠랴. 판독하다 놓친 사랑과 같은 저 마애불 위로 나는 날다람쥐여, 내가 삶에서 유일하게 배운 것은 고독이었다. 오늘의 야생이 시처럼 꼬이는 숲속 호

수를 헤엄친 적도 있긴 있어서, 바람에 뼈를 말리며 숲의 길을
닦는다.

휘파람새 소리는 청량하다

한적한 숲길, 휘파람새 소리에
나뭇잎들 일순 귀를 모아 고요다

다람쥐가 상수리를 까듯
누구에게나 삶엔 목적이 있다, 거기에
의미의 씨앗을 심는 것은 자신이라고 말하는
인생론들의 륙색을 벗고 앉는 자리

발끝에 걸린 백리향의 향기를 탑재한
휘파람새 소리에
나는 바람자락을 여며 고요다

내게 경쟁과 속도의 시간은 관념이었다
내가 하찮거나 사소한 만큼의 내 크기로
숲길에서 개암나무 열매 몇 개를 주우며 듣는
경이의 전언이란

특별하고 참된 삶에 대하여 따지지 않는
휘파람새 소리는

다만 청량하다는 것

말할 수 없어 말하지 않는 사랑과
외롭고 쓸쓸한 숲길은 여기 있어 고요다

은방울꽃 어사화

무심코 숲길을 걷는데
문득 순백의 은종이 조랑조랑 달린
은방울꽃 천사가 눈앞이다
바람자락에 나뭇잎 일렁이듯
나는 목적 없이도 생 하나로 느껍다

여기의 나, 저기의 나에게
고라니의 순한 눈망울
위의 나, 아래의 나에게
숲을 쪼는 딱따구리 소리
지금의 나, 내일의 나에겐
산영이 잠기는 푸른 호수

은방울꽃 맑디맑은 향기가
코끝에 스치는, 바람 부는 날
여기 온통 생생한 나는
나 없이도 모두 나다

이런 날, 24시간 멈추지 않는 공장을 끄고

직원들과 함께 산행을 결행한 사장에게는
은방울꽃 어사화를 증정해야 할 것,

무심코 걷는 숲길을 무심히 걷다가
쓸모없는 일의 비밀을 조금은 눈치챈다

보랏빛 향기

하늘의 청람에 자줏빛 놀을 섞는
해거름의 묘한 붓질이라 여겼더니
연못가에 흘린
붓꽃 몇 점

혼자 있는 시간엔 환하게 보인다
세상의 팽팽한 고요를 여는
몇 점 보랏빛

혼자 있는 시간엔 말도 없이
몸 구석구석을 만지는
보랏빛 향기

뻐꾹새 소리는 너의 침묵이 빚은 운율이다

낙관

병든 먹감나무를 켜 보면 속에 검은 물이 번져 있다
그걸 묵화 삼고 목판 윗녘에 다만
화제를 붙이는 화가여

나는 매화가지에 걸린 보름달 밑에
보름달을 가로지르는 삭금朔禽일가 밑에
삭금 일가는 더욱 그 면적을 넓혀가는
아무도 서명하지 않은 고요 밑에

붉은 낙관을 찍는다

봉창이 밝아진다

장독대의 장독 서너 개가
봉창 앞에 놓인 집
토방에 강아지 한 마리 없다

해 떨어진 지 오랜데 기척이 없어
이장이 돌아보러
녹슨 대문을 바삐 넘는데

그때 마침 배시시
베적삼 빛,
봉창이 밝아진다

어머니들은 한 번도 지지 않아서
장독 위로 우주의 눈이 쏟아진다

여인들의 먼 데

반백여인의 어깨에
한 뼘 뒤의 백발노인이 손을 얹은 채
열린 대문 앞 평상에 앉아 있다

그 눈들은 조금은 먼 데
앞산을 향해 있다

달포 전 그 산에
반백여인은 남편을 묻고
백발노인은 아들을 묻었다

사람은 누가 누굴 위로할 수 있을까

현장소장 미장이 신충섭

　그는 얼굴 어디 구릿빛 세월 아닌 데가 없었다. 호기롭게 웃을 때마다 이빨만 하얗게 빛났다. 사기 안 치고 남의 것 탐내지 않고 오로지 적수공권, 온 나라 집들을 미장美裝했다고 했다. 툭툭 불거진 핏줄과 쇠심줄 같은 근육만으로 깡마른 몸의 제국, 햇빛에 번들번들 빛이 났다. 그 어렵다는 서울의 집, 두 자식의 취업, 이만하면 괜찮은 인생 아니냐는 것이었다. 그러는 눈빛은 막 딴 포도알처럼 형형했다. 세월도 누그러뜨리지 못한 빛이었다. 그가 뺄때추니를 벗자마자 홑 잠바로 떴던 고향, 휴가차 돌아와 돌담 넘어 대추 몇 알 땄다가 혼쭐이 난 기억에까지 만면이 환해졌다. 40년 미장이 인생을 풀어놓는 데는 날밤이 구구절절 팽창했다. 쌩쌩했다. 다만 노동이 삶의 지식이었다고 명토 박곤 했다.

일귀신 장전댁

  허리가 평생 써온 호맹이로 굽었다. 무릎은 돌밭에 삽날 부딪
는 소리를 냈다. 밭은 숨결, 밭은기침 소리는 노루 꼬리만 한 여
생을 재촉하고도 남을 여든세 살 장전댁. 지난 일 년 내내, 효자
아들 덕에 광주에서 인공관절수술, 서울에서 디스크수술 받느라
병원 밥을 먹었다. 퇴원하자마자 엉금엉금 고추밭으로 기더니
고추 모종을 놓고, 또르르 콩밭으로 구르더니 콩 순을 질렀다.
그것 가꿔서 거둔 이문보다 병원비가 더 들어간다고 혀를 차는
이웃들에겐 되레 역정을 냈다. 일이 뼈에 백혀 일을 하지 않으면
더 아프다고 했다. 오늘도 불끈 들어서 에어컨 앞에다 앉히는 아
들네 자동차가 길모퉁이를 돌기도 전, 허리에 팔자八字를 두르고
무릎엔 귀신鬼神을 찬 채 텃밭으로 기고 구르는 장전댁을 누가
말리랴.

사랑, 풍경 소리에 스치다

잊을 만하면 생각나서 사랑한다 사랑한다
고백하고픈 바람을 잘그랑거리고
마당가엔 다만 알알이 새빨간 앵두다

내가 끝내 말하지 못한 말과
늘 닿지 못해 추녀 끝으로 송출해 버리는 마음들,
한사코 동박새가 울고 간 날이다

한사코 잃어버린 시간을 발효시킨 소리가
담 넘어 고샅길 돌아 먼 신작로를 멀어져 가면
감나무 잎새들조차 마음 둘 데가 없다

그 뒤에 남는, 그 긴 머리칼의 찰랑거리던 것과
또 그 뒤에 스러지던 고독한 호명,
슬금슬금 어둑발은 도둑 발이다

도둑 발처럼 저물녘 풍경 소리에 스치면
바람 한 자락에도 빨갛게 젖곤 하는 서쪽과
당겨질 대로 당겨진 그리움의 능선,

난 너에게 해줄 말이 있었다
목 놓아 울고 싶은 그 다음도 있었다
아직도 네 향기의 맥박으로 튀던 별들이 있다

에로스의 혀

차마 뱉을 수 없는 말이 입는 육체는
타는 듯이 취하는 향기와
터진 석류의 신음이 퉁기는 탄금

한 세계를 발사하는 치명의 눈빛과
붉은 입술의 이승저승
출렁이는 파도의 무한을
하루 더 춤추게 할 시간의 깊숙한 창날

차마 알아들을 수 없는 말의 음부에서
새어나온 고유의 방언들이
처절하게 미끄러지는
모든 색택과 조형의 전위인 달항아리

막 따낸 수밀도를 베어 물며
달고 탄탄한 모든 것의 목록을 해독하는
미뢰, 에로스의 극히 사적인 혀는

뜨거운 왕국의 첫 글자

추문의 고요라면 더 뜨거울 왕국의 화두

승인하라, 시와 나비의 리듬
질정 없는 연주의 알레그로비바체
아편 먹은 듯 번지는 총천연색의 꽃구름

산방에 쌓이는 고요

산방에 쌓이는 고요는
쪼르륵 따르는 찻잔에서 번져나는 향기
문 열자 안개비를 헤치고
금목서 천리의 향을 따라 들어서는 사람

산방에 쌓이는 고요는
풀끝의 이슬보석 같은 인연 가만히 배웅하고
모퉁이쯤에서 다시 돌아보니
산길 빈 것의 면적을 넓히는 휑한 적막

이 산과 저 산 사이에 빨랫줄을 걸고
평생을 산전에 엎드린 노인의 산등성이를 닮은
등허리에 비는 또 스멀스멀 내리고

싱그럽고 신령스럽기도 하고
애틋하고 애절하기도 하는 하루를 잘 참다가
한 번씩 터져 버리는 멧비둘기의 울음이라니!

산방에 쌓이는 고요는

툇마루에 비쳐든 희부윰한 잔광,
무언가 말하려다 오늘도 다 말하지 못하고
아랫녘 강물로 반짝이는 시계 밖의 시간

오래된 질문

여수 향일암에 가면 경전바위가 있다
칠판 같은 큰 바위에 무늬인 듯 문자인 듯
비바람이 새긴 빼곡한 말씀들,
주지 스님은 그걸 바위경전이라고 부르는데
절에 오면 추녀 끝 풍경 하나도 오래된 질문이어서
그 바위 아래 새벽같이 가부좌를 튼다
그 바위말씀들을 한번쯤은 깨쳐서
물밀고 물써는 시간의 소리며, 수평선 위로 솟는
붉고 아득한 은현의 대답을 읽으리라
생각이 마음대로 드나들게 내버려두니
한달음에 스친 내 생의 누천년 고독 같은 게
한 점 한 점, 무슨 실록처럼 바위에 각인되고
동박새 울음에는 막 터진 동백꽃 향기,
그만 눈물은 쏟아지고, 머릿속은 빛의 폭죽이다
언제부턴가 얼크러졌을 세월의 난마조차
발아래 광대무변, 보석 물결로 반짝인다면
언젠가는 모든 걸 알아볼 인연도 환하겠지
똑딱선이 가로지르는 앞바다는 둘이다가 이내 하나지
지금껏 착취당한 시간에 지불한 현금을 끄고

주지 스님의 설법으로 공양 받은 경전바위,
무늬건 문자 하나로 비바람 한 세계를 일으키고
여기 있거나 없는 바다 부처도 버리며
어느새 내가 깨칠 무한 경전으로 바뀌고 있었다

고요를 시청하다

초록으로 쓸어놓은 마당을 낳은 고요는
새암가에 뭉실뭉실 수국송이로 부푼다

날아갈 것 같은 감나무를 누르고 앉은 동박새가
딱 한 번 울어서 넓히는 고요의 면적,
감잎들은 유정무정을 죄다 토설하고 있다

작년에 담가둔 송순주 한 잔에 생각나는 건
이런 정오, 멸치국수를 말아 소반에 내놓던
어머니의 소박한 고요를
윤기 나게 닦은 마루에 꼿꼿이 앉아 들던
아버지의 묵묵한 고요,

초록의 군림이 점점 더해지는
마당, 담장의 덩굴장미가 내쏘는 향기는
고요의 심장을 붉은 진동으로 물들인다

사랑은 갔어도 가락은 남아, 그 몇 절을 안주 삼고
삼베올만치나 무수한 고요를 둘러치고 앉은

고금孤흠의 시골집 마루,

아무것도 새어나게 하지 않을 것 같은 고요가
초록바람에 반짝반짝 누설해놓은 오월의
날 비린내 나서 더 은밀한 연주를 듣는다

너무 시끄러운 적막

박새가 확독에 고인 물을 찍고 날아가며
휘익, 살같이 흘러가는 날을 그어대는가

뒤란 대울타리 댓잎은 스적이며
외로운 것들은 서로 비비며 운다는 것일까

고양이가 폴짝 뛰어올라 고추잠자리를 놓치며
이곳이 꿈의 마당은 아니라고 하건 말건

나는 이덕무의 간서치 흉내를 좀 내 보는데

이 집에 살았으나 바람이 된 귀신들이
일전부터 몰려와 세간살이와 자꾸 수작질한다

그 소리에 화들짝 깨어나는 건 맨드라미,
붉은빛에 사무쳐서 대문 쪽을 돌아보는데

무슨 유령이라도 되는지 슬그머니 들어서는
어제 딴 강냉이를 쪄서 가져온 정오正午,

토방의 개는 무슨 할 말이 저리 많은가

반나절도 시끄러운데, 지친 진초록의 적막은
왜 유모차 미는 노인의 꼽등이에 켜켜이 쌓일까

오월 다저녁때의 초록 호수

나무들로 일렁이는 바람의 호수에선
일렁이는 것 한 번에 마음은 몇 번씩 뒤집힌다

반짝반짝 무언가 누설할 게 많은 이파리들이
물결을 밀고 또 밀어선
옹이처럼 굳어진 심금이라도 저미는 때

왜 아닐까, 구름은 산정에 앉아 생각을 물고
거꾸로 빠진 산영은 내 한 시절을 되짚는다

글썽거리는 것은, 이때쯤 노을로 아득해져선
새들에게도 푸른 장미를 건네리라

장미 같은 꿈의 주마등이 초록 호수로 잠잠해지면

창졸간에 어둑발을 부르는 쏙독새가
오월 다저녁때의 숨탄것들로 우주의 피륙을 짠다

이파리 하나하나가 일군 적막을 둘러치고

우듬지는 또 물결에 쏟은 밀어들로 별들을 밝히면
내 눈물이 진주 되는 건 오래전부터인데

고독의 날것까지를 품은 호수의 찬란과 함께
빛나는 생의 율려를 오롯이 퉁겨 보는 처음이다

침묵에 대하여

용구산 아래 있는 나의 오래된 우거는
용과 거북이가 오랫동안 나타나지 않는 사방이
단단한 침묵으로 둘러쳐 있다

침묵은 녹슨 함석 대문에 붙어 있고
마당가에 비쭉비쭉 솟은 망촛대로 자라고
침묵은, 재선충병에 걸린 뜰의 반송으로 붉어지고
토방에 벗어둔 검정고무신으로 암암하다

어느덧 내 몸조차 침묵으로 하나 됐다가
그중 몇 개쯤 파계하여 들고양이로 울다가
때론 용과 거북이가 재림하길 염불하게도 하는
무자비하고 포악한 침묵이란 짐승은

송송 구멍이 뚫리는 외로움의 골다공증과
사괘가 마구 뒤틀리는 고독의 퇴행성관절염과
바람에 욱신거리는 그리움의 신경통을 앓는
앞집 폐가에 달라붙어 와지끈,
그 근골이 주저앉을 때까지

시간의 공적空寂에 대하여 더는 묻지도 않는다

침묵의 폐허를 차마 감추지 못하는 달빛은
이것이 무장무장 은산철벽을 치는 것이어서
용과 거북이의 뿔 자라는 소리 듣다 보면
나는 나일 것도 없다고 할 때가 오리라, 생각한다

저물녘의 시편

내남없이 하루치의 충혈 된 눈빛으로
서녘놀이 번진다고 해야 할까
때마침 앞뒷산 쑥국새의 공명한 곡지통이
해거름을 재촉하며 멀어지는 우거라면

동구 밖 삼거리주막 귀퉁이의
무언가 알리고 싶은 나팔들을 매단 접시꽃처럼
무엇이든 외치고 싶은 삶의 붉은 하루를
쓰디쓴 소주 몇 잔으로 씻어 볼 일이다

하마 능금밭에선 시간이 둥글게 익어가고
수수밭에선 순명의 말씀들이 끄덕이겠지
갈퀴손도 달래는 저녁바람에 나를 몰래 맡기면
서녘놀은 이내 하얀 능선으로 저무는데

저문다는 것은, 나날의 충혈된 눈빛으로
고개 들어 창천의 별들을 총총 새기는 것이라고
세월의 경전에, 꾹꾹 눌러쓰고 싶은 때

그 별들은, 귀소를 서두르는
붉은머리오목눈이 떼의 울음처럼 반짝이며
조금은 외로운 하루치의 삶을 이룩한다

죽리관 그쯤에 달방이라도 한 칸 붙일까

　겨울 숲길은 바람의 옷을 입은 시간의 길이다 갈참나무 숲을 스치자 남은 잎새들 그 소스라치는 것이 너무도 가깝다 나는 두 런거리는 죽음을 엿들은 뒤 찰나와 같이 바스락거리던 사람을 본 적이 있다

　이름 낱낱을 죄다 벗어버린 나무들의 시간은 준엄하다 밤톨만 한 오목눈이 떼의 무게로도 낭창거리는 가지들을 후리는 데 있어, 딴엔 없는 죄까지 생생하도록 뼈가 시리다 들개울음은 이따금 언 골짜기를 물어뜯는다 그 울음의 파장이 뚝, 그치면 내 심경의 궁창으로까지 넓어지는 적막의 면적!

　이때쯤 전나무 우듬지로 진저리 치며 여싯여싯 내 청맹과니를 여며 본다 마치 꽃과 별과 새들의 시간을 숲에 묻고 연모하는 여자, 그 꽃 피는 지옥의 이름을 입때껏 부르지 못한 채 홀로 우는 양 하여서, 발가벗은 나무들도 발가벗은 채로 고독의 장렬함 같은 것을 정독하는 걸까

　하마 솔밭에서는 시간이 스스로를 빗질하는 바람 소리로 정갈해지고, 가지들은 하나둘 금빛으로 깨어난다 무장무장 저녁놀이

비껴드는 무렵이라면, 무엇이든지 그 너무 가까운 숲길에 이제
대울을 치고 죽리관 그쯤에 달방이라도 한 칸 붙일까

화관花冠

큰아들처럼 벼슬이 높은 맨드라미꽃이다
딸내미들처럼 화사한 다알리아다
운명에 간 막내가 좋아한 자줏빛 과꽃이다
아무리 봐도 처녀 적 꿈은 매혹적인 천일홍 같다
영감 죽고 나서 애면글면 가꾸어 온 꽃길에서
망백望百의 할머니는 안 먹어도 배가 불러서

그 쭈그렁 신수가 활연 펴지는 웃음이다
그것이 이미 극락에 닿아 있는 웃음이다

장작불

처서 지나며 큰누님은 아궁이에 불을 지핀다
괄게 타는 관솔불의 신명은 원도 한도 없다
그토록 팽팽하고 분홍이 감돌던 신수가
한평생 아궁이의 일렁이는 불빛에 자글자글 익었다
마른 장작 메워 밥 지을 때가 제일 좋았다고 한다
일곱 식구에게 뜨신 밥과 다순 잠을 주는 것이
큰누님에겐 별들을 바라볼 수 있는 힘이었다고 한다

낡은 벽시계

사회복지사가 비닐 친 쪽문을 열자
훅 끼치는 지린내하며 어두칙칙한 방에서
두 개의 파란 불이 눈을 쏘았다.
어둠에 익숙해지자 산발한 노인의 품에 안긴
고양이가 보이고, 노인의 게게 풀린 눈과
침을 흘리는 입에서는 알 수 없는 궁시렁거림,
그 위 바람벽의 사진액자 속에서
예닐곱이나 되는 자녀 됨직한 인총들이
노인의 무말랭이 같은 고독을 내려다보고 있었다.
사람이라면 마지막으로 모여들게 되는
그 무엇으로도 되돌릴 수 없는 이 귀착점에서,
일주일에 세 번씩 고양이의 형광에 저항하며
노인의 극심한 그르렁거림을 지탱시키느라
사회복지사는 괘종시계 태엽을 다시 감는다.

고금기孤衾記

트럭운전 하는 아들이 실어다 준 벌목장 통나무들
톱으로 자르고 도끼로 패길 보름째다
팔순을 지나고도 다섯 해인데 모탕에 세운 나무
단 한 번의 도끼질에 쫙쫙 빠개지는 것이다
마루 밑이건 사방 벽에 차곡차곡한 장작들이
수명이 얼마 안 남은 슬레이트집을 받쳐 주는 꼴인데
수명이 얼마나 남아서 저걸 다 때긴 때려나
쌓이며 나무 떨어져 쪽재골 부엉새가 피 맺히게 울던 때
다만 장작 한 짐이라도 패 주면 밤내 몸이 달던
나무꾼의 선녀는 벌써 하늘로 간 지 오래란다

우리 동네 황후 이야기

우리 동네 이장 부인은요, 몇십 년 시집살이 끝에 딱 한 번 크게 일을 치고 말았는데요. 치매에 걸려 혼자 사는 친정아버지를 집에 모셔왔다가 시어머니에게 된통 당했다지요. 그런데도 역성 한번 들어주지 않고 침묵하는 남편의 낯짝이 순간 철판처럼 여겨졌다네요. 온갖 정내미가 다 떨어진 그날로 집을 나가 버렸는데요, 딸네 아들네 사방 대소가들 다 찾아보아도 코빼기도 보이지 않았지요. 이장 혼자 비닐하우스 짓는데 저쪽 끝에서 아내가 잡아주던 비닐을 혼자 씌우자니 바람에 날리고 날리길 수차례, 끓어오르는 부아에 쐬주병을 나발 불었겠지요. 아무렴 혼자는 농사 못 짓지요. 그러던 차 서울의 먼 친척한테서 아내 소식이 날아왔다네요. 그 길로 트럭을 몰고 서울의 한 식당에서 설거지를 하는 아내를 데리러 갔는데 이거야 원, 머리채를 다 뽑아 버린다 해도 따라가지 않겠다는 거예요. 코만 빠치고 집에 돌아와 누워 버렸네요. 쯧쯧 혀를 찬 동네 사람들 스물일곱 가호가 관광차를 대절하여 올라가선, 그중 대표 어른 한 분이 무릎 꿇고 빌어서 겨우겨우 이장 부인을 모셔왔다답니다. 아무렴 황후처럼 모셔왔지요. 그 후로 우리 동네에선 부부 사이의 침묵은 금이 아니라 금 가는 소리라고 한다네요.

삼지마을 적송 이야기

내 고향에 삼지리라는 마을이 있는데요. 마을회관 앞 공터에 키가 20m가 넘는 아름드리 적송이 서 있지요. 한데 그 100여 평 되는 공터가 원래는 마을의 개발위원 땅이어서, 어느 날 인근 도회 사람에게 시가보다 두 배도 더 되는 1,000여 만 원에 팔렸는데요. 매입자는 애걸복걸 구입한 그 땅에 애초에 짓겠다던 전원주택은 짓지도 않고, 그만 석 달 만에 마을이 신주단지 모시듯 하는 적송을 팔아넘기겠다는 것이었지요. 조경업자들과 기중기를 부르는 등 생난리를 치자 화들짝 놀란 마을 사람들이 회의를 했다지요. 마을의 당산나무로 섬기는 적송이 사라지면 되겠느냐며 마을답 한 단지를 9,000만 원에 팔아 적송이 서 있는 땅을 다시 샀는데요. 나무 값과 함께 1억을 내라는 그 사기꾼에게 사정사정하여 취득하였으니, 나무가 선 땅은 즉시 마을 공동명의로 등기하고 나무는 영영 손 못 대게 군보호수로 지정을 받았답니다.

길은 내가 홀로 흐르는 꿈

나뭇잎이 일렁이고 떨어졌지만
울지 못한 세월로 무저갱을 밟아왔다

휘파람새의 휘파람을 좇아가면
눈앞 가득 떠오르던 빨주노초파남보
애면글면 다가가는 꽃밭보다는
일껏 은산철벽 숲에 갇히곤 하는 길

자줏빛이라고나 할까
흔하디흔한 장미 한 송이도 없이
지상의 그 무엇과도 바꾸지 못한
고단과 남루의 쓰라린 빛이라면

그 빛은 누구와도 나눌 수 없고
길은 언제나 나를 불러내선
내가 홀로 있는 부처를 보여주었다

닿지 못한 사랑을 그리워하거나
여벌의 쓸쓸함을 헤아릴 묵주도 없이

머무를 수 없는 운명을 지닌
강물에 목을 적시는 건
나는 나를 흐르는 길이기 때문,

후회도 광채도 없는 발길로
불구의 오늘은 적막의 꿈을 밟는다

하얀 팔뚝

한 서점의 신간사인회 차 광주에 오신 송기원 선생의 토크 콘서트를 본 뒤 이튿날 소쇄원엘 모시고 갔다. 선생은 무지에서 나온 용맹으로 실천문학에 투고한 나의 미급한 시들을 뽑아 『시여 무기여』라는 14인 시집에 게재해주셨다. 소쇄원 답사 후 근처 추어탕집에서 미꾸라지숙회를 먹었는데, 선생은 와이셔츠 흰 소매를 걷어붙이고 당시 간염으로 간당간당한 내가 안쓰러웠는지 자꾸 숙회 쌈을 싸서 입에 넣어주셨다. "젊디나 젊은데, 이게 뭐니? 이게 뭐니?"하며 내 건강을 걱정해주셨지만, 나는 눈시울이 뜨거워지면서도 선생의 하얗게 드러난 가는 팔뚝에 한사코 마음이 쓰이는 것을 어쩔 수 없었다.

수정돌

얼떨결에 등단한 뒤, 창비에 청탁을 주신 이시영 선생과 연이
닿아 난생처음 시 공부를 하게 되었다. 대학노트에 이삼십 편씩
써 보내면 읽고는 한두 편에 동그라미나 가위표를 한 뒤 짤막한
평을 주시곤 하였다. 어느 날엔 백석의 「주막」을 손수 쓰곤 "삶의
분한을 다 터뜨린다고 해서 문제가 해결되는 게 하나라도 있던
가요? 때론 침묵이 필요합니다."라고 하셨다.

그 순정한 말씀은 아주 어릴 때
화단에다 몰래 심어놓고 새벽마다 물을 주던 수정돌 같았다.
물을 주면 쑥쑥 클 거라고 믿던 그 말씀의 돌은
아직도 내 처녀의 마지막 벼랑으로 자라는 소슬한 꿈이다.

살구나무

첫 시집 나왔을 때 출판사 대표를 맡고 있던 이문구 선생께서 서신을 주셨다. "시들이 핍진하오, 고 시인. 엄동의 마당가에 나가 보오. 살구나무의 살아 있는 가지는 실가지 하나라도 꺾이지 않고 삭풍을 후린다오."라고. 그때나 지금이나 감나무도 석류나무도 살아 있기에 늘 엄동을 깜냥껏 지휘하고 있느니,

오늘은 살구나무 옆 개집의 누렁이가 새끼를 낳았다.
뼛속까지 후비는 시멘트 바닥에 누워
고물거리는 것들, 느긋하게 젖을 물리고 있다.

주인

　내가 제11회 신동엽창작기금을 받을 때 심사위원 중의 한 분이
었던 김남주 선생을 거기서 처음 뵈었다. 수상소감을 하고 단상
을 내려오는데 저 뒤쪽에서 성큼성큼 걸어와 나를 덥석 안아주
던 선생은 뒤풀이 하러 갔던 탑골에서도 나를 목메게 하셨다. 내
가 술병을 들고 눈알이 핑핑 돌 정도로 우러러보던 대선배 작가
들께 술을 따르려 하자 술병을 달라고 하시더니 "오늘은 고 시인
이 주인이야. 주인인 고 시인이 먼저 잔을 받아!"라시며 한사코
주저하는 나를 세워 잔을 가득 채워주셨다. 좌중이 박수로 격려
해주던 것도 그때였다.

길의 침묵

어느 날, "누구나 제 안에서 들끓는 길의 침묵을/울면서 들어야 할 때도 있는 것이다"라는 구절을 읽은 것이다. 김명인 선생의 시구였는데, 읽고는 속이 찢어질 듯해서 쓴물이 넘어오도록 울고 말았다. 선생과는 강의로건 시낭송회로건 몇 번 뵌 적이 있는데 그때마다 그 품에 안기어 울고만 싶던 것이다. "삶의 진정한 의미는 우리가 대답하기에 너무 끔찍하다"고 주장하는 니체처럼, 인간실존의 궁극적인 고통과 고독을 극명하게 표현해 내시는 게 나에겐 늘 사무친 탓이다. 한데 선생의 울진 생가에 가며 거친 불영계곡 길은 가도 가도 끝이 날 것 같지 않는 심산험로였는데, 빠져나와 높은 데서 돌아보니 딴엔 구절양장의 미로美路로 보이기도 하던 것. 그처럼 선생의 시로 가끔 울고 나면 금강송 바람을 쐰 듯 속이 시원하기가 십상이었다.

잡초 음식

    강원도에 가면 시인이자 목사님이며 방랑자이기도 한 고진하 선생이 사는데, 곧잘 바랑 하나 메고 인도로 어디로 휘잉 떠나곤 하신다. 하여간 폼 자체도 구도자라고나 해야 할 정도로 삐쩍 마른 큰 키에 눈빛 하나만은 형형 살아서 세상을 늘 투명하고 안쓰럽게 바라보는 것이었다. 요새는 설교나 강의도 끊겨서인지 생태적 생각에서인지 잡초를 요리로 개발해 잡초음식 책을 두 권이나 내셨다. 사는 동안 지구를 축내지 않고 살려고 무척 애쓰는 것인데, 참 알 수 없는 일은 그 선생 앞에만 서면 평생을 직장이나 자본과 경쟁하지 않고 살아온 나의 인생이 조금은 자랑스럽다는 생각이 들기도 한다는 것이다.

시인수첩

　시 강의 갈 때 추천하고 싶은 시집에 대해서 물어오면 천양희 선생의 『마음의 수수밭』을 꼭 읽으라고 한다. "가장 고통스럽게 정직할 때 절창이 나온다"고 하는 선생의 말씀처럼 삶과 사랑의 치열한 변주로 인한 '물속에서 물먹는 삶'을 뿔깡! 일으켜 산 위의 산을 바라보는 절창들이 수두룩해서이다. 선생을 비롯 이승원, 임영조 시인들과 함께 운주사를 거쳐 소쇄원을 간 적이 있는데 선생은 아랫바지 호주머니에 자그마한 수첩 하나를 넣고 다니며 간 데마다에서 늘 무언가를 기록하셨다. 카뮈의 『작가수첩』은 18년 동안 매일 떠오르는 생각을 메모한 게 책으로 일곱 권이나 되는데, 천 선생의 '천재天才'도 금방 떠올랐다 금방 사라지는 이미지나 생각의 편린들을 수첩에 잡아두는 데서 나오는지 모른다는 생각을 해 보았다. 사실 그러한 성실함과 바지런함은 우리 스스로의 삶에 대한 예의이기도 하다.

2부

구도자

나무는 결가부좌를 튼 채 먼 곳을 보지 않는다
나무는 지그시 눈을 감고 제 안을 들여다보지 않는다

메마르고 긴 몸, 고즈넉이 무심한 침묵
나무는 햇살 속을 흐른다 바람은 나무를 관통한다

나무는 나무이다가 계절이다가 고독이다가 우주이다가
스스로 아무것도 아닌 나무이기에 나무이다

제 머리숲을 화들짝 열어 허공에 새를 쏘아 댄들
나무는 거기 그만한 물색의 한 그루 나무로 서 있다

꽃의 권력

꽃을 꽃이라고 가만 불러 보면
눈앞에 이는
홍색 자색 연분홍 물결

꽃이 꽃이라서 가만 코에 대 보면
물큰, 향기는 알 수도 없이 해독된다

꽃 속에 번개가 있고
번개는 영영
찰나의 황홀을 각인하는데

꽃 핀 처녀들의 얼굴에서
오만 가지의 꽃들을 읽는 나의 난봉은

벌 나비가 먼저 알고
담 너머 대붕大鵬도 다 아는 일이어서

나는 이미 난 길들의 지도를 버리고

하릴없는 꽃길에서는
꽃의 권력을 따른다

강의 노래

일렁이고 반짝이는 강물의 오랜 노래 하나는
강변에 앉은 연인들의 심금을 뜯어대는 데 있네

강물 위로 은어 떼가 튀는 것하며
물오리가 다다다다 물을 차고 날아오르는 것도

스쳐 오는 강바람 한 자락 함께 진저리 치는
사랑의 오래고 오랜 풍습이라네

슬픔의 긴 유적流跡 같은 강물이 나직나직 속삭이는 건
강변 마을에 우뚝한 느티나무의 시간들, 너머

강바닥 조약돌까지 투명하게 비춰 내는 순정파들의
맨 처음 고백 같은 것에 대하여서라네

그때 여기, 같이 앉았던 사람의 갈대숲에 대하여
크게 빛나는 눈물을 가리던 모래바람에 대하여

그리고 이제는 이따금 날아든 해오라기가

외발로 서서 길게 고개 드는 서녘 놀에 대하여, 다시

노래하고 반짝이는 강물의 오랜 전통 하나는
타는 울음을 다독이며 멀리 세월을 빗는 일이라네

창

미소란 땅 위에 하늘이 잠시 나타나는 것*

누군가 도조陶彫로 구워낸
길고 가는 눈이 감겨 있는 여인상,
참 좋은 꿈을 꾸는 듯
몽상에 잠긴 듯
참선 중 깨달음의 한 점에 든 듯

미소는 구름처럼 떠 있다

마치 중국 한의 무덤에서 출토된
토용의 여인상 같은
욕심내는 것도 없이
욕심내어 가닿을 데도 없이
미소 자체만을 미소하며
스스로 빛을 발하고 있는

미소, 미소의 육신은
그 미소 속으로 사라진다

더없이 무심하고
그지없이 소박한
사람이 어쩌다 한번쯤 지을 수 있는 미소는
자기 안의 부처가 잠시 꽃을 들어 보인 것

* 크리스티앙 드 바르티야

산에 다녀왔다

유난히 연둣빛이 번지는 산에 다녀왔다
오늘 또 한 생을 묻고 돌아온 산엔
파닥이는 바람 소리 아플 때까지
산벚꽃 펄펄 날렸다

집 없으면 거지요
걸릴 것 없으면 스님이라던가
집도 절도 없이 한산寒酸한 마음의 한산은
날리는 산벚꽃 낱낱으로
반짝거렸다

수십여 년 길을 물었으니
너럭바위에 꽃 피고 지길 몇 번이던가
누구나 항복하기 전에 이미
연둣빛에 들키고 지는 꽃잎에 잡히지만

서럽고 애달픈
어머니 울음 같은 것들의 내력을 건너
꽃으로도 꽃 피지 않고

잎으로도 잎 지지 않을 일의
도모이거니

유난히 연둣빛이 한창인 산에 다녀왔다
한 길을 묵묵히 보내고
또 한 생을 받고 돌아오는 일은
늘 외롭고 장엄한 일이었다

황혼에 대하여

마음이 경각에 닿을 듯
간절해지는 황혼 속
그대는 어쩌려고 사랑의 길을 질문하고
나는 지그시 눈을 먼 데 둔다.
붉새가 점점 밀감빛으로 묽어 가는
이런 아득한 때에
세상은 다 말해질 수 없는 것,
나는 다만 방금까지 앉아 울던 박새
떠난 가지가 바르르 떨리는 것하며
이제야 텃밭에서 우두둑 펴는
앞집 할머니의 새우등을 차마 견딜 뿐.
밝고 어둔 것이 서로 저미는
이런 박명의 순순함으로
뒷산 능선이 그 뒤의 능선에게
어둑어둑 저미어 안기는 것도 좋고
저만치 아기를 업고 오는 베트남 여자가
함지박 위에 샛별을 인 것도 좀 보려니
그대는 질문의 애절함을
지우지도 않은 채로 이제 그대이고,

나는 들려오는 저녁 범종 소리나
어처구니 정자나무가 되는 것도 그러려니
이런 저녁, 시간이건 사랑이건
별들의 성좌로 저기 저렇게 싱싱해질 뿐
먼 데도 시방도 없이 세계의 밤이다.

보살

기역 자로 굽은 허리로
유모차를 밀던 할머니,
오늘은 작은 호박덩이로 말아져
그 유모차 위에 앉혀졌다
그걸 기역 자로 굽어 가는 허리로
이웃집 할머니가 다시 미는
돌담과 돌담 사이
잠시 하느님도 망각한 고샅길에선
누구도 시간을 묻지 않는다
참새 한 마리도 외로운지
딱딱한 것들의 목록뿐인
할머니의 어깨에 살폿 내려와 앉는
저 꿈같은 일에
아기처럼 웃는 할머니의 미소에
누구도 값을 매기지 않는다
다만 동구 밖 느티나무 잎들은
아무것도 원함이 없는
할머니들의 요요적적에 대해서
설說함이 없이 설하고

이미 거기 느티나무 아래
풍경이 되어 버린 할머니들은
아무것도 들음이 없이 다 듣는다

사랑의 법문

등산하다가 손에 송진이 묻었는데
수건으로 닦고 물로 씻어도
끈적거림이 좀체 지워지지 않는다
송진이란 소나무의 깊은 상처에서 흐르는
소나무의 피나 고름 같은 것

그대가 내게 남기고 간 사랑의 상처에서도
그처럼 뜨겁고 끈적끈적한 것이
한사코 흘러내리던 적이 있다
한사코 별은 빛나고 기적 소리 들려도
틈만 나면 내리는 비의 우울에 노출된
저주와만 같은 눈물의 엘레지들

하물며 질겅질겅 씹다가 내뱉는 껌도
그대 옷에 붙어 그대를 낭패에 빠뜨리리라,
원망해 댈 힘조차 잃어버린 동안
소나무는 그 상처의 진액으로
맑고 투명한 보석, 호박琥珀을 만들었으니

내 다시는 사랑하지 않으리라 해 보지만
평생 헤어나려고 몸부림치는 악몽이
사랑 아니겠느냐 하는 이 화려한 비탄이여

사랑은 여전히 안심법문을 모른 채
피그말리온의 염원처럼
피가 마르도록 꿈꾸는
그대의 분홍빛 연한 부드러운 살

물의 나라

하나 둘 네 몸의 지도를 읽어 가는 동안
오르락내리락, 고층과 심층의 탐구가 반복되는
내 숨 가쁜 영혼의 두레박질은 계속된다.

그처럼 퍼내는, 바위틈에서 터지는 첫 물맛,
치자 향이 먼 데서 아득아득 들려오는
네가 울리는 종소리처럼 번지는 샘의 말들,

다시 고공과 심연의 승강이 꿈을 내통하는 동안
문득, 누구에게 약취당해 버린 것 같은 생이
새롭게 팽팽하게 일고 있는 파란이기도 하다.

모래와 꽃, 시간과 별 들을 함께 적시는 강물,
그리고는 서서히 익사 지경을 감응하는 말들,

내게 처음으로 사랑을 가르쳐 준 사람, 평생을 두고
당신보다 누굴 더 사랑할 수 있겠어요? 라니!

하나 둘 내가 네 몸의 지도를 읽는 동안

봉우리와 능선, 계곡과 숲길, 새 바람, 구름 향기,
나는 존재하는 모든 것을 해독하는 것이려니,

언제부턴가 우리는 하나의 불을 치켜들고서
이렇게 온 바다로 요동치는 율려律呂의 노래인가.

사랑에 대한 몽상

내가 조금은 아는 뉴질랜드 숲은 밤 내내
짝을 부르며 우는 올빼미앵무로 뒤척인다
검은 고요가 콜타르처럼 엉겨 붙어
성냥알만 대어도 확 일 것 같은데 어떤 놈은
인근 바닷가에서 죽은 갈매기를 물고 와
시간屍姦을 감행하는 경우도 있는 것이다
네 마음을 얻으려고 늘 언어를 혹사했으나
네 마음을 호출하는 부호를 마침내 얻어서
네게 가 보면 너는 이미 거기 없었다, 그처럼
밤 내내 올빼미앵무들, 짝을 짓지 못한다
숲의 땅바닥에 사는 탓에 곧잘 잡아먹혀
씨가 마를 만큼 개체 수가 준 탓이라고 하는 건
검은 몰약으로 밤을 닦는 숲의 말이 아니다
차마 파고들 수 없는 꿈이라고 하지 않고
지상을 울울창창 덮는 나무들과
정금편正金片 같은 별들을 보여 주는 숲의
현란한 마술, 그에 대한 최초의 오해가
너를 향한 나의 언어를 닦게 했지만
너는 늘 거기에 없었다, 나의 호출 부호로는

똑같은 바다를 두 번 다시 열 수 없을 뿐
우주를 가로질러 세 걸음을 딛어 우주를 넓힌
비슈누, 그의 세 걸음처럼 오늘도
너는 나의 시야를 벗어난다, 그 벗어남이 되레
내가 가 보지 않은 어느 숲에서라도
애초에 없는 짝을 부르는 올빼미앵무처럼
애초에 없는 너를 눈멀어 꿈꾸게 하는가

시간에 기대어

강의 면목이라면 면면한 유수와 범람,
강물 따라 걷는 마음은 넘치고 또 흐르네.
보리숭어며 비오리 떼가 튀고
창졸간의 갸륵한 것들이 좋이 울어도
순간의 꽃보다는 이야기로 더 유장할 터,
금결은결 반짝이는가 했더니 금세
그리움의 파란으로 일렁이는 시간 아닌가.
한때는 한도 없이 파닥거렸던
강변 은백양 잎새와 첫사랑의 흑단머리는
바람의 갈래 갈래로 흩어지고
오늘은 강가에 퍼지는 라일락 향기,
강섶을 일구는 고라니며 노인장과 함께
또 무엇, 그 누구로 흘러드는 구름 떼라니!
구름이 깊어지면 강물도 높아져서는
서러움 밖의 그 무엇이라도 소환할 듯한 모색,
서녘 놀이 비쳐 든 갈대밭 속의 연애 너머
썩지 않고 들끓는 고독의 항성으로
내가 죽고 네가 사는, 그런 유정의
경계 같은 것들을 오늘도 추문하는 것이랴.

흐르는 강에 차마 가닿지 못하고
사소한 마음 하나에도 수만 물비늘을 뒤채는,
지금은 결락한 꿈의 시간에 기대어
제 물소리에 귀 기울이는 강의 명색이여.

너의 얼굴

예기치 않은 어느 날 내 앞에서
눈물로 중독된 눈을 하고서는
무언가를 애써 말하려고 더듬, 더듬거리는
그러나 이내 온몸이 뒤틀려 버려 말을 못 하는
너의 얼굴은 내게 계시다

다른 어떤 것으로도 돌이킬 수 없는
무력한 네 얼굴로 나는 상처 받고
무력한 네 얼굴에 저항할 수 없다
입양 됐다 또다시 파양 당한 고아와 같은
너의 얼굴을 나는 어떻게 읽어야 하나

예기치 않게 나타난 내 앞의 너는
네가 당하는 가난과 고통으로 나의 하늘이다
나는 너로 인해 죄책하지도 않고
나는 너를 연민하지도 않고
그러므로 나는 다만 너를 모실 뿐이다

기막히게는 말할 수 없는 네 뒤로

기막히게는 번지는 밀감빛 노을을
네가 잃어버린 날에 대한 서러움이라기보단
네가 아직 태어나지 않은 곳에의 그리움이라고
차마 부를 수 있다면

나는 중독된 눈물을 그만 거두고
말해질 수 없는 말을 그치고
내 마음을 잃어버리기까지는, 너의 계시
너의 사랑을 얻지 못하리라는 것을 나는 안다

국외자

나는 그 어떤 출구도 찾지 못해서
담장 위에서 흘러내린 병든 장미 향기에 취했다
울부짖을 입은 없는데 귀는 열려 있어서
담장 위 새들의 끝없는 빈정거림을 들어야 했다
나의 임무는 삭풍 속 미루나무 같은
잔혹한 고독을 경작하는 일뿐,
나의 사랑은 황음 속에서만 발기했다
애인들은 암소처럼 큰 동정심을 들이대며
나를 몽유의 안개 속으로 거두어 갔다
모퉁이의 오동잎이 떨어지는 건 슬픈 일,
내가 슬픈 시간 속에서 쌓은 건 세상에서
나의 불행을 가장 큰 걸로 믿은 어리석음뿐이었다
그 오해가 없었다면 오래전에 무너졌을
나는 대낮에도 자꾸 봉두난발에 휘감겼다
휘감겨 넘어진 우울을 빗고 그렇게
명상하기 위해 신을 내몰았다는 어느 현자처럼
나는 절망하기 위해 귀찮은 신을 내몰았다
낙엽처럼 가벼운 말엔 넋을 놓고
둥치의 묵중한 말은 거들떠보지도 않는 세상에서

내 안에서 끝없이 지속시켜온 열정이
내 안을 다 태워 버린 후 발견한 문 한 짝,
가만 보니 자물쇠는 담장 저쪽에서 잠겨 있었다
나는 어떤 출구도 찾지 못한 게 아니라
애초에 입구가 막힌 삶을 살았던 것이다

공책空册

해마다 작심한 나의 일기쓰기는
사나흘 다음 페이지들은 텅 비어 버린
쓸쓸한 공책空册으로 남아서
잘못 얽힌 일의 알리바이거나
기억해야 할 일의 증거를 댈 수 없듯
언제, 어디서부터였던가
마치 난파당한 쪽배의 영혼처럼
하찮은 질문에도 운명의 파도를 느끼는
나의, 나라는 시간은
더 이상 쓰지 않아서 늘 지워져 버릴 뿐,
사도이자 순교자인 바돌로메
산 채로 가죽이 벗겨졌다는 바돌로메가
퀭한 몰골에 두 팔이 축 늘어진
제 벗겨진 텍스트를 들고 심판을 구하듯
나의 껍데기 속 최후의 망명지인
나의 세계의 허공은
추억도 환상도 없이 이렇게 생생하거니,
폐업 정리 전의 회사원이거나
도축장의 소 눈 같은 꿈의 문장을 지우며

다만 녹슨 황혼을 반추해 대는
하루하루, 이 밀식된 고독은
나를 위해 창조된 것이 아닌 세상을
애써 기록하고 싶지 않은 나의
공空의 책冊쯤으로나 여긴다면 어떨까

홀로 인생을 읽다

페이지 페이지마다 저항한다
재미없고 어렵고 **빡빡한** 이따위 책이라니
건성건성 지루함을 뛰어넘고
알듯 알듯한 문장만 마음껏 해석해 버린다
하지만 행간에 얼크러진 미로들과
딱딱한 페이지를 넘길 때마다
발을 거는 맥락의 숲이 부르는 유혹들
그 속으로 다시 길을 잃는다
피로 쓰였다니 온몸으로 읽어야지
나는 미련하고 오기 창창하여서
절벽에 부딪고 심연에서 소리 지른다
그 어떤 책도 저 혼자인 책은 없다지 않나
수많은 이미지의 난무와
겹겹 숨어 버린 의미들의 여러 시간
제기랄, 한 귀퉁이에서 잡념이나 낙서하다가
다시 페이지를 넘기면 삶의 황홀한 서정들
그다음 페이지엔 죽음의 혹독한 서사
생과 사는 앞뒷면으로 반복되는데
말도 안 되거나 말하기 싫어하는

정신분열증 환자의 담론처럼

말하고 싶으나 차마 말하지 못하는 것들의

징후까지를 짐작해 보는 시간은 깊고 깊다

이걸 혈투라고 해야 하나

혈투 끝 폐허라거나 숭고라고 해야 하나, 내게

주어진 고전古典이 의도하는 것과

의도하지 않는 것까지 가늠해 보는

독서는 마쳤는데 책은 여전히 펼쳐져 있다

사인死因

세상에 아름다운 시신은 없다고 한다
국립과학수사연구소 부검의 박혜진 씨는 다만
사회가 외면하는 시신의 침묵을
묵묵히 대변할 뿐이라며 웃는다
부검 날엔 몸에 배는 부패 냄새 때문에
밖에 나가 점심도 먹을 수 없는 그녀가
토막 난 사체의 위장을 가르고
썩어 문드러진 사체에서 피를 뽑고
유괴 후 숨진 아이 부검 때는 펑펑 울기도 한단다
하지만 그녀가 고독과 죽음을 관통하며
그토록 밝히고자 하는 사인死因은
저마다에게 어떻게든 있긴 있는 것일까
마음대로 처치할 수 있는 하인이 없고
공포를 휘두를 제국이 없어서 자신을 증오하는
우리들의 너무도 의당한 천국에서
우리들의 죽음은 스스로 저당 잡힌 게 아니던가
인간에 대한 예의,
그 관대한 거짓말 때문에

오월 강변의 미루나무 이파리들이

보석처럼 짤랑거린다는 말도 있는 것이다

텅 빈 초상

산전수전 다 겪고 돌아와 이제는
요양원 마루 끝에 앉아서 텅 빈 눈을
먼 데 가까운 데 어디에도 두지 않는
노파의 무관심을 무엇이라고 부르랴
입 주변에 파리가 덕지덕지해도
이미 그 눈에 해골의 공허를 품은 채
인간으로부터 소원해져 버린
노파가 잃어버린 것은 무엇이랴
차라리 마음을 재같이나 만들걸,
아무것도 보지 않는 노파의
이름 붙일 수 없는 눈을 포착하기 위해
이름 붙일 수 없는 것을 응시하는
나의 눈은 더는 구원받을 수 없으리라
세상과의 어떠한 교류도 차단하고
혼자만의 궁륭으로 떠나 버린 노파의
암전을 무엇이라고 이름 붙일까
생이 삶에게 베푼 마지막 공허를 누리는
노파 앞에서 안절부절, 나의 언어는
마치 한입 먹을거리를 주지 않을까 하고

알랑거리는 작은 애완견처럼

노파를 쏘아보고 쏘아볼 뿐인 것이다

고통의 독재

1

우리 고향 아주머니 한 분은, 여름 내내 땡볕에 익은 서방님 몸보신시키려고 싱싱한 낙지 안주에 소주 한잔도 마련했다가, 감나무 그늘도 싱싱한 평상 위에서 온몸을 비틀며 죽어 간 서방님을 보아야 했다. 꿈틀거리는 낙지발이 기도에 붙는 바람에, 숨이 턱 막혀 죽어 간 님 때문에, 온 마당을 떼굴떼굴 굴러야 했던 아주머니. 감나무 잎새는 마냥 살랑거렸다고 한다.

2

아랫말 아흔일곱 살 드신 할머니의 일흔두 살 자신 딸이 암으로 죽자, 역시 진갑을 바라보는 며느리가 시어머니를 위로하였다. "아이구 자리보전하시는 우리 어머님이나 돌아가실 일이제 고모가 어찌 먼저 가신당가요?" 그러자 귀만은 초롱초롱한 할머니가 듣고는 "아 지년 지 명대로 살고 내사 내 명대로 사는 것인디 너 거 뭔 소리다냐, 너는 내가 죽었으면 그렇게 좋겄냐?"고 빽 질렀다 한다. 뒷문을 기웃거리던 참새가 후드득 날아갔겠지.

3

불행의 족적을 모두 춤으로 바꾸었던 조르바여

삶이란 근본적인 오류를 논하기 이전에 죽음으로도,
그리고 시의 세계로도 교정할 수 없는 저질 취미에 속한다지.*

* 에밀 시오랑, 『독설의 팡세』

수인번호 20140416

프랑스 작가 클로델은 영화감독 데뷔작인 〈당신을 오랫동안
사랑했어요〉에서 딱 한마디 대사로 비절참절悲絶慘絶이란 말에
육체를 부여한다.
　"최악의 감옥은 자식의 죽음이야. 거기서 결코 빠져나오지 못
하지."

　시 삼백과 같은
　다 큰 아이들 삼백을 수중혼으로 바친
　어머니, 아버지 들의 감옥

　어머니, 아버지 들은 스스로를 가두고
　누구도 묻지 않는
　죄 없는 죗값을 치른다
　그 감옥에서 영영 출소라는 말을 지운다*

　아이들의 뜨겁고 거친 숨결을 삼킨
　팽목항의 뜨겁고 거친 파도여
　이제는 예전의 파도가 아닌 파도여

이제는 영원히 멈추지도 못할 이 파도와 함께
어머니, 아버지의 시계는 되레
그날 그 시간으로 멈춰 있다

연애라도 한번 해 보고 갔더라면- 원도 없을
빛나는 청춘들, 그 죽음의 감옥 속에
어머니, 아버지 각자가
최악으로
삼백의 자식들 모두를 울고 있다

* 강수미, 『비평의 이미지』

나 저승 가서 헐 일 없으면

내 고향 읍내에서 오랫동안 한약방을 하며 사채놀이를 한 노인이 있었다. 한약방을 한 탓인지 아흔 살이 넘도록 장수를 한 그 노인은 죽기 사흘 전 일곱 자녀들을 죄다 불러다 놓고 분재기 分財記를 작성하게 한 다음, 마지막으로 장남을 시켜 다락방에 있는 금고에서 비밀 장부 하나를 꺼내 오게 했다.

노인의 지시에 따라 펼쳐진 그 장부엔 그간 당신이 받지 못한 사채 내역과 외상약을 판 내용이 빼곡히 적혀 있었다. 노인은 자식들 모두가 보는 앞에서 큰아들에게 말했다.

"여기 기장한 돈을 다 받자 허면 기천만 원은 족히 될 것이네. 허나 이 장부는 마당에 나가 감나무 밑에서 태워 버리게. 나 저승 가서 헐 일 없으면 이 빚이나 받으러 댕겨야겠네. 내가 그이들 땜에 자네들헌티 내 재산을 물리는디, 애비의 업장까지 물려서야 쓰겠는가?"

노인이 죽고 채무자들이 빚을 갚으러 오자 아버지의 유지를 받든 큰아들이 그들에게 전해서 밖으로 흘러나온 이 말은 칠십년대 내 고향 읍내에 쫙 회자됐었다. 한데 좋은 말은 오래 남는지 고향 가면 옛 한약방 감나무는 잎새들을 흔들어 아직도 그 노인의 유언을, 아직도 훈훈하게 전해 준다고 하는 것 아닌가.

사과 꽃길에서 나는 우네

사과꽃 환한 길을
찰랑찰랑 너 걸어간 뒤에

길이란 길은 모두
그곳으로 열며 지나간 뒤에

그 향기 스친 가지마다
주렁주렁 걸리는 네 얼굴

이윽고 볼따구니 볼따구니
하도나 빨개지어선

내 발목 삔 오랜 그리움은
청천靑天의 시간까지를 밝히리

길이란 길은 모두
바람이 붐비며 설렌다네

천지간에 살구꽃 흩날릴 때

며늘아기 넙덕지만 한 터앗 가득
콩팥칠팔 어쩌려고 살구꽃이 진다

그 꽃잎 자국마다를 가다루어선
오목조목 씨를 넣는 저 노인

시방은 우두망찰 먼 데를 보는데
두 눈은 하마 글썽거리는 그 잠시

뒷산에 번지는 연두초록만치나
마구 번지는 마음은 어디에 닿는가

천지간에 살구꽃 흩날리니
하늘과 땅의 경계가 우련하여선

다시금, 꽃잎 자국마다에 씨를 넣는
노인이 홀로 거룩한 봄을 짓는다

첫사랑

흔들리는 나뭇가지에 꽃 한번 피우려고
눈은 얼마나 많은 도전을 멈추지 않았으랴

싸그락 싸그락 두드려 보았겠지
난분분 난분분 춤추었겠지
미끄러지고 미끄러지길 수백 번,

바람 한 자락 불면 휙 날아갈 사랑을 위하여
햇솜 같은 마음을 다 퍼부어 준 다음에야
마침내 피워낸 저 황홀 보아라

봄이면 가지는 그 한 번 덴 자리에
세상에서 가장 아름다운 상처를 터뜨린다

그걸 그냥 천고天高라고 할까

지금쯤 그 집 섬돌 밑에선
귀뚜라미가 가을을 타전할 것이다.
돌담 틈에선 실베짱이가
남은 베를 짜느라 부산할 것이다.
씨르릉 씨르릉 울어대는
풀섶의 씨르래기는
풀잎이 쇠도록 울어대다가
풀잎 위에 이슬을 굴리기도 하다가
그 이슬 한 톨 한 톨에
웬 별을 한 등 한 등씩 밝혀놓곤,
그 시린 실뼈가 무릎까지 젖는 새벽이면
그 울음이 닿는 곳마다
그 울음이 닿는 것마다 떨리게 하고
떨리지 않아선 안 될 그리움 같은 것은
빨랫줄 간짓대 끝까지 밀어 올려선
아득아득 그 높이를 완성할 것이다.
그걸 그냥 천고라고 하면 될까.

시린 생

살얼음 친 고래실 미나리꽝에
청둥오리 떼의 붉은 발들이 내린다

그 발자국마다 살얼음 헤치는
새파란 미나리 줄기를 본다

가슴까지 올라온 장화를 신고
그 미나리를 건지는 여인이 있다

난 그녀에게서 건진 생의 무게가
청둥오리의 발인 양 뜨거운 것이다

때마침 거기서 물새가 날아올랐다

강가에서 물수제비를 뜨는 아이가 있다
처음 돌이 그만 발 앞에서 퐁당 빠져버린 건
너무 뭉툭한 걸 고른 탓이라고 생각한다
다음 돌은 두 점을 뜨고 빠져버린 게
납작하지만 너무 큰 걸 고른 탓이라고 여긴다
어깨가 뻐근해오고 팔목이 시큰하지만
계속되는 시도 끝에 다섯 점의 수제비를 뜬다
너무도 짜릿하고 한 점 더 뜨려는 오기도 생겨
있는 힘껏 던지지만 또 발 앞에서 퐁당,
김빠지는 풍선의 기분이지만 아이는 끈질기다
마침내 다섯, 여섯, 일곱 점을 뜬 돌이
눈부셔라, 순식간에 하늘로 차고 오른다
오르더니 저만치 쏜살같은 새 되어 날아간다

도대체 무슨 일이 일어났는지도 모르는 아이는
환호성 치며 문득 저 혼자 버려져 있는 걸 잊는다

길
– 오솔길의 몽상

강아지풀은 이삭을 끄덕이며 제 길을 수긍한다
산국은 꽃 점점의 형광으로 제 길을 밝히고
은사시나무는 우듬지를 흔들어 길을 드높인다
동박새는 또 목청을 가다듬어 제 길을 노래하고
살쾡이는 튀는 발이 날래어 없는 길도 뚫는다
시방 물들고 시드는 숲에서도 길은 닫히지 않는다
추풍 치고 잎 덮이는 그 밑에선 땅강아지가 길을 판다

시방 이 숲에서 숨 타지 않은 길은 하나도 없어
보이는 길도 보이지 않는 길도 썩 깊고 아득할 뿐!

뱀에게 스치다니!

– 오솔길의 몽상

반바지 차림의 산행길,
풀밭에 다리 쭉 뻗고 쉬는데
지게 작대기만 한 뱀 한 마리가 스르륵
종아리를 스쳐 넘는 게 아닌가

이런 이런, 뱀에게 스치다니,
뱀에게 스치다니!

하늘과 땅이 딱 붙어 버린
뱀에게서 깨어난 순간
그 시리고 축축한 감촉이 으스스히
온몸을 휘어 감더니

눈앞엔 웬걸 개불알꽃들이
하늘과 땅이 딱 붙어 버린 그 순간에
멍빛으로 납작해져선
꽃방석을 깔고 있는 게 아닌가

뱀에게 스치다니,

아직도 시리고 축축한 뱀의 세상이
날 그렇게 통과하다니!

그 순간 내 영혼까지 까마득해 버린 건
뱀의 길이에 새겨진
태초 이래의 긴 시간에 들렸던 탓인가

그러기에 꽃방석 위엔
나비 떼도 새삼 준동하던 것인가

담양 한재초등학교의 느티나무

어른 다섯의 아름이 넘는 교정의 느티나무.
그 그늘 면적은 전교생을 다 들이고도 남는데
그 어처구니를 두려워하는 아이는 별로 없다.
선생들이 그토록 말려도 둥치를 기어올라
가지 사이의 까치집을 더듬는 아이,
매미 잡으러 올라갔다가 수업도 그만 작파하고
거기 매미처럼 붙어 늘어지게 자는 아이.
또 개미 줄을 따라 내려오는 다람쥐와
까만 눈망울을 서로 맞추는 아이도 있다.
하기야 어느 날은 그 초록의 광휘에 젖어서
한 처녀 선생은 반 아이들을 다 끌고 나오니
그 어처구니인들 왜 싱싱하지 않으랴.
아이들의 온갖 주먹다짐, 돌팔매질과 칼끝질에
한 군데도 성한 데 없이 상처투성이가 되어
가지 끝에 푸른 울음의 별을 매달곤 해도
반짝이어라, 봄이면 그 상처들에서
고물고물 새잎들을 마구 내밀어
고물거리는 아이들을 마냥 간질여 낸다.
그러다 또 몇몇 조숙한 여자 아이들이

맑은 갈색 물든 잎새들에 연서를 적다가
총각 선생 곧 떠난다는 소문에 술렁이면
우수수, 그 봉싯한 가슴을 애써 쓸기도 하는데.
그 어처구니나 그 밑의 아이들이나
운동장에 치솟는 신발짝, 함성의 높이만큼은
제 꿈과 사랑의 우듬지를 키운다는 걸
늘 야단만 치는 교장 선생님도 알 만큼은 안다.
아무렴, 가끔은 함박눈 타고 놀러온 하느님과
상급생들 자꾸 도회로 떠나는 뒷모습 보며
그 느티나무 스승 두런두런, 거기 우뚝한 것을.

독학자

깬 소주병을 긋고 싶은 밤들이었다 겁도 없이
돋는 별들의 벌판을 그는 혼자 걸었다 밤이 지나면
더 이상 살아 있을 것 같지 않은 날들이었다
풀잎 끝마다 맺히는 새벽이슬은 불면이 짜낸 진액
같았다 해도 해도 또다시 안달하는 성기능항진증
환자처럼 대책 없는 생의 과잉은 끝이 없었다
견딜 수 없었다 고개를 숙일 수 없었다 어쩌다 만난
수수모감처럼 그에겐 고개 숙이고 싶은 푸른 하늘이 없었다
아무도 몰래 끌려가서 아무도 몰래
들짐승들이 유린한 꽃의 비명을 들을 수도 없었다
죄의 눈물이 굳어서 벌판의 돌이 되고 그 돌들이
그를 처음 보고 놀라서 산맥이 될지라도
오직 해석만이 있고 원문은 알 수 없는 생을 읽고자
운명을 유기해도 좋았다 운명에겐 모욕이었겠지만
미물 짐승에게라도 밥그릇을 주었다가 빼앗지는 말아야
했다 빼앗은 그릇에 모래를 채우는 세상이거나
애인을 만나러 갔다가 때마침 도둑을 맞은
애인 집에서 되레 도둑으로 몰린 사랑의 경우처럼
도대체 아니 되는 그 고통의 독재를 안고 넘으며

그에겐 인간만 남았다 자신의 불행을 춤으로 추었던
조르바처럼 한 번이라도 춤을 추지 않는 날은
잃어버린 날이라도 되는 것 같아 춤을 멈추지 않는
사람처럼, 벌판의 황량경이 삭풍에 쓸리는 나날을 불러
그는 홀로움의 신전에 향촉을 피웠다 그처럼
무장무장 단순한 인간만 남아 보리수 아래서 울었다

거대한 고독

오늘도 슬픈 지상에선 무차별한 폭격과
한 청년의 외로운 참수가 있었다, 나는
좀이 슬어 엽맥만 남은 잎새 같아서
저렇게는 반짝이며 뒤설레는 바다를 본다.
휴대폰 벨소리며 손목시계의 맥박들을
쪼아버리는 갈매기 울음 부리는 때마침 다행.
죄다 빼앗기거나 잃어버린 것들,
죄다 썩거나 치유할 수 없는 것들의 생이
저 거대한 고독 속으로 몰려들어선
쩍쩍 아가리를 벌리며 아우성치는 노도라 할까.
저만큼 수평선의 까치놀만은 요요하게
삶을 미학으로 번역하기 바쁜 것이어서
나는 하마터면 탄성을 발할 뻔하기도 한다.
우리 모두 아득하면 될 뿐인 생이 있으리라.
이 소금기로도 못 씻는 생어물 썩는 내며
한껏 핀 해당화가 감춘 독가시들조차
다만 출렁거리면 되리라, 믿은 적도 있지만
나는 다시 어쩌려고 바다를 본다, 누군들
저 검은 심연이자 매끈한 매혹을 모르랴만,

익명의, 익명의 떼거리로 몰려 죽거나
수많은 응시 속에 홀로 참수될 생들의
거대한 고독, 그 속에 내가 잠겨서
영정影T의 폐선 한 척으로 깜빡이는 시방은
저렇게는 파랑주의보 하나 없는 금결 은결.
우리 모두 태어나기 전에는 죽어 있었다.*

* 프레데릭 파작, 『거대한 고독』에서

길의 길

어둠 속의 길은 흩어져 버린 세월과 같다
길들은 내 핏속에서 질풍노도로 일었지만
내가 지나온 길 뒷자리는 늘 폐허였다
나는 길 위에서 또 길을 찾으러 다녔으니
나는 나 자신을 찾으러 다닌 셈인가
아침놀까지 더러워질 만큼의 하늘을 보았으나
악성의 하품 때문에 나는 심심하지 않았다
난장 난 계절의 억새밭을 지날 때
나는 거기 가장 황량한 곳에 머물고 싶었다
바다는 목쉰 파도로 끊임없이 부서져도
바다의 모든 고통을 아는 자만이 귀 기울였다
누구나 길에 나서나 다 같은 길엔 아니다
우리는 우리이되, 우리가 아니어서 배회했다
웃자란 형극 속에서 길을 헤치곤 했으나
나의 어려움은 되레 길을 잃어버리는 것이었다
잃어버릴 수도 없는 길을 향해 내가 저지른 죄,
그건 길섶에 핀 산자고를 짓이겨 버린 일이었다
근사한 말만 만나면 빛나는 잠언을 쏟아내며
길을 노래하곤 하는 무수한 시인들이여

조주도 물었다. 길이란 어떤 것입니까
평상심平常心이 그것이다, 남전이 답했으나
길을 길이라 하면 늘 그러한 길이 아니어서
나는 다시 피에 젖은 흙빛의 길 위에 섰다
길은 항상 저만큼의 풍광 속에서 일렁거렸다

아귀가 맞지 않는 문이 있다

추상같은 구중궁궐, 종묘 정전正殿의 문짝은
일부러 아귀를 맞추지 않았다 한다. 모셔둔
위패의 혼령이 자유로이 드나들게 하기 위해서란다.
나뭇잎 하나가 흔들리면 다른 나뭇잎이 흔들리고
멧새가 울면 또 다람쥐가 쥐똥만 한 눈을 반짝이듯
서로가 드나드는 것은 애초에 우주의 일.
내가 어머니로부터 배운 말들과
내가 수많은 책들로부터 배운 지식과
내가 이웃들로부터 배운 사회로, 나 아닌 나를 살며
나는 아귀가 꼭 맞는 문을 만들어 닫았던 것인데,
가령 이런 경우가 있긴 있다.
말해질 수 없는 슬픔으로 남몰래 눈물을 삼키며
마른 장작개비 같던 네가 어느 날
곱게 갈아 끓인 잣죽같이 저미고 감싸드는 경우
나는 스스로 문풍지 우는 문이 되고 싶었다.
너의 상처가 나를 드나들며 새로운 영토를 만나는
그런 목숨을 꿈꾸어 본 적이 있긴 있는 것이다.
나뭇잎 하나가 흔들리니 다른 나뭇잎은 안 흔들리고
뱀이 지나가자 멧새가 푸나무서리에서 튀듯

내가 애인들로부터 배운 질투와 증오와
내가 세상으로부터 배운 상처와 추억과
내가 삶으로부터 배운 권태와 환멸과 죽음만으로
문을 닫아걸고선 나의 고독을 우겨댔던 것인데,
추상같은 호령도 꺾지 못한 사당의 혼령이란 것도
사실 버리고는 갈 수 있으나 놔두고는 갈 수 없었던
사무치는 마음 아니겠는가. 그 마음 못 다하여
이 지상의 아귀가 맞지 않는 문으로
가끔씩은 사무쳐서 드나드는 그리움이 아니겠는가.

흑명黑鳴

보길도 예송리 해안의 몽돌들은요
무엇이 그리 반짝일 게 많아서
별빛 푸른 알알에 씻고 씻는가 했더니
소금기, 소금기, 소금기의
파도에 휩쓸리면 까맣게 반짝이면서
차르륵 차르륵 울어서
흑명, 흑명석이라고 불린다네요

이 세상에서 내게 남은 유일한 진실은
내가 이따금 울었다는 것뿐이라던
뮈세여, 알프레드 뒤 뮈세여

명작

옻칠쟁이가 있었다네. 옻칠 하나 제대로 내기 위하여 일찍이 생의 희비喜悲를 반납한 사람이었다네. 철에 맞춰 칠을 따고 칠을 개느라, 너무도 피곤하면 찾아오는 온몸의 옻독에 갖은 진저리를 쳤다지. 먼지 한 점 바람 한 올에 행여 다 된 때깔 망칠세라, 대밭 속에 토굴을 파고 암거를 했다지. 그러고는 생칠을 거르고 정제칠을 개어선 무늬칠이건 색깔칠이건 수없이 반복하는데, 그러해도 색깔이 제대로 나오지 않으니 에라이 손가락을, 손가락을 잘라선 그 피를 칠속에 쏟아 넣었다는 옻칠쟁이!

생의 극점을 녹여 얻는 명작엔 전생轉生 활불活佛의 숨결이 묻어 있으리.

3부

장엄

저 순백의 치자꽃에로
사방이 함께 몰린다.
그 몰린 중심으로
날개가 햇빛에 반사되어
쪽빛이 된 왕오색나비가 내려앉자
싸하니 이는 향기로
사방이 다시 환히 퍼진다, 퍼지는
그 장엄 속에선
시간의 여울이 서느럽고
그 향기의 무수한 길들은 또
바람의 실크자락조차 보일 듯
청명청명, 하늘로 열려선
난 그만 깜깜 길을 놓친다.
놓친 길 바깥에서
비로소 파정破精을 하는
이 깊은 죄의 싱그러움이여!

능금밭 앞을 서성이다

내가 시방 어쩌려고 능금밭 앞에서 서성이며
내가 요렇듯이 바잡는 마음인 것은
저 가시 탱자울의 삼엄한 경비 탓이 아니다

내가 차마 두려운 건, 저 금단의 탱자울 너머
벌써 신신해진 앞강물 소리와
벌써 쟁명해진 햇살을 먹고
이 봐라, 이 봐라, 입 딱! 벌게는 중얼거리며
빨갛게 볼을 밝히고 있을 능금알들의 황홀

어느 해 가을 저곳에서
머리에 수건을 쓰고, 볼이 달아오를 대로 올라선
그 능금알을 따는 처녀들과
그것을 한 광주리씩 들어올리는
먹구릿빛 팔뚝의 사내들을 훔쳐본 적이 있다

나는 아직도 저 능금밭에 들려거든
두근두근 숨을 죽이고, 콩당콩당 숨을 되살리며
개구멍을 뚫는 뻘때추니라야 한다고 생각한다

그토록 익을 대로 익은 빛깔이
그토록 견딜 수 없는 향기로 퍼지는
저 풍성한 축제를 누가 방자하게 바라볼 것인가

내가 능금밭 앞에서 여전히 두려운 것은
시방 무슨 장한 기운이 서리서리 둘러치는
저 금기의 신성의 공간, 그것을
내 차마 좀팽이로도 바잡는 마음 다하여
아직도 몰래 훔치고 싶은 이 황홀한 죄, 죄 때문!

은어 떼가 돌아올 때

복사꽃이거나 아그배꽃이거나
새보얀 꽃그늘 강물에 어룽대던가
섬진강 상류 압록물에
달빛은 욜랑욜랑, 바람은 살랑살랑
너와 난 마냥 설레었던가

그랬던가, 어느 순간
강물은 마냥 은빛으로 술렁이던가
그것이 물너울인 줄 알았더니
그것이 은어 떼 돌아오는
은어 떼 돌아와선 짝짓기하는
그 번뜩이는 번뜩이는 뒤설렘이었다니!

아, 아득해져서
너와 나 고개 들어 바라보는 산은
반야봉이던가 왕시루봉 줄기던가
이것들이 죄 말해질 수 없는 것이어서
너와 난, 너도 아니게 나도 아니게
무량무량 젖어들던 것만 확실할 뿐,

그날 밤 그렇게 그렇게

밤낄 소리까지 뒤흔드는 한숨결 속에

그처럼 시리게 시리게

은어 떼는 돌아오긴 돌아온 것인가

방죽가에서 느릿느릿

하늘의 정정한 것이 수면에 비친다. 네가 거기 흰 구름으로 환하다. 산제비가 찰랑, 수면을 깨뜨린다. 너는 내 쓸쓸한 지경으로 돌아온다. 나는 이제 그렇게 너를 꿈꾸겠다. 초로草露를 잊은 산봉우리로 서겠다. 미루나무가 길게 수면에 눕는다. 그건 내 기다림의 길이. 그 길이가 네게 닿을지 모르겠다. 꿩꿩 장닭꿩이 수면을 뒤흔든다. 너는 내 외로운 지경으로 다시 구불거린다. 나는 이제 너를 그렇게 기다리겠다. 길은 외줄기, 비잠飛潛 밖으로 멀어지듯 요요하겠다. 나는 한가로이 거닌다. 방죽가를 거닌다. 거기 윤기 흐르는 까만 염소에게서 듣는다. 머리에 높은 뿔은 풀만 먹는 외골수의 단단함임을. 너는 하마 그렇게 드높겠지. 일월日月 너머에서도 뿔은 뿔이듯 너를 향하여 단단하겠다. 바람이 분다. 천리향 향기가 싱그럽다. 너는 그렇게 향기부터 보내오리라. 하면 거기 굼뜬 황소마저 코를 벌름거리지 않을까. 나는 이제 그렇게 아득하겠다. 그 향기 아득한 것으로 먼 곳을 보면, 삶에 대하여 무얼 더 바라 부산해질까. 물결 잔잔해져 수심水心이 깊어진다. 나는 네게로 자꾸 깊어진다.

142

나무 속엔 물관이 있다

　잦은 바람 속의 겨울 감나무를 보면, 그 가지들이 가는 것이나 굵은 것이나 아예 실가지거나 우듬지거나, 모두 다 서로를 훼방 놓는 법이 없이 제 숨결 닿는 만큼의 찰랑한 허공을 끌어안고, 바르르 떨거나 사운거리거나 건들대거나 획획 후리거나, 제 깜냥껏 한세상을 흔들거린다.

　그 모든 것이 웬만해선 흔들림이 없는 한 집의
　주춧기둥 같은 둥치에서 뻗어나간 게 새삼 신기한 일.

　더더욱 그 실가지 하나에 앉은 조막만 한 새의 무게가 둥치를 타고 내려가, 칠흑 땅속의 그중 깊이 뻗은 실뿌리의 흙살에까지 미쳐, 그 무게를 견딜힘을 다시 우듬지에까지 올려 보내는 땅심의 배려로, 산 가지는 어느 것 하나라도 어떤 댓바람에도 꺾이지 않는 당참을 보여 주는가.

　아, 우린 너무 감동을 모르고 살아왔느니.

보름밤, 그 어둡고 환한 월광곡月光曲

앞산 위로 불끈 솟는 만월이거니! 그것의 애액을 칠한 댓잎들, 서로를 반짝여 주네. 저 잎새들 서로이 베던 나날의 업을 씻는다는 말에, 너는 다만 꽃살을 연 달맞이꽃을 바라보고, 어디 먼 데서는 황소의 영각 쓰는 소리 절로 드높네.

중천 위에 둥실한 만월이거니! 그것의 흰 젖을 먹는 우듬지들, 문실문실 밀어 올리네. 그 은빛 요요함 속에서 무슨 일인들 못 벌일까. 저 들쾡이 숨을 죽이고 눈을 형형 빛내지만, 시방 포도밭의 포도알들은 단젖이 불고, 담장 너머 앞강물은 무장무장 차오르네.

천년 같네. 푸르스름한 달의 양수가 치런치런한, 이렇게는 차갑고도 따뜻한 밤. 등불 꺼진 방 안에도 달빛은 비쳐드네. 그러면 자분자분한 네 엉덩이는 깍짓동만 하게 부풀고, 너는 그러나 저 달 기울 것을 걱정하고, 그러면 나는 괜히 서글서글해져서 너를 안으면, 우리의 업은 다시 또 태어나 저 달로 차리라네.

어느 해인가 이런 밤. 웬 망석중이 느실난실 홀로 괄한 사내에게, 소박맞고 쫓겨 온 돌계집 하나이 있어, 뒤란의 너도밤나무

가지에다 목을 매려 했다는 이야기. 그러나 거기 각시샘에 융융히 든 달덩이를 떠 마시곤, 보름밤마다 벌러덩 누워 달아이 하나씩을 낳았다는 이야기도 왜 이리 어둡고 환한가.

　지상과 하늘 사이에 만월이거니! 그 달빛 속의 봉우리는 씻은 듯이 우뚝하고, 서러운 뻐꾹새도 그 한 목청을 달빛에 풀면, 너와 나는 달로 뜨고 지는, 새삼스런 생을 읽을까. 꽉 차고도 텅 빈 달의 출렁임, 모든 꿈은 그 푸른 원용으로 일렁이네.

소쇄원*에서 시금詩琴을 타다

소쇄소쇄, 대숲에 드는 소슬바람
무엇을 마구 씻는가 했더니
한 무리 오목눈이가 반짝반짝 날아오른다

소쇄소쇄, 서릿물 스치는 소리
무엇을 마구 씻는가 했더니
몇 마리 빙어들이 내장까지 환하다

자미에서 적송으로 낙엽 따라 침엽 따라
괴목에서 오동으로 다람쥐랑 동고비 따라
빛나는 바람과 맑은 달이 비잠주복을 다스리면

오늘은 상강, 저 진갈맷빛 한천 길엔
소쇄소쇄, 씻고 씻기는 기러기며와
소쇄소쇄, 씻고 씻기는 푸른 정신뿐

나 본래 가진 게 없어 버릴 것도 없더니
나 여기 와서는 바람 들어 쇄락청청
나 여기 와서는 달빛 들어 휘영청청.

146

* 조선조 중종 때 학자 양산보라는, 한 불우한 사내가 있었나니. 천하를 논하던
스승 조광조의 낙마로, 그 큰 뜻 접고 낙향한 사내였었던 바. 여기 소슬한 숲속
에 소쇄원이라는 우거를 짓고, 일평생 들어오고 나아감이 없었나니. 어쩌자고
문장 한 줄 남기지 않았나니. 그 분노의 문장 청대숲으로 치솟게 하고, 그 결곡
한 문장 개울물 소리에 흘려주고, 그 슬픔의 노래 동박새 울음에 넘겨주고, 그
마음의 환희 자미꽃으로 일렁이게 하고. 다만 광풍(光風)과 제월(霽月)로 호사
를 누렸나니. 아, 불우를 통해 불우를 이긴 소쇄옹(瀟灑翁)이여.

달밤에 숨어

외로운 자는 소리에 민감하다.
저 미끈한 능선 위의
쟁명한 달이 불러 강변에 서니,
강물 속의 잉어 한 마리도
쑤욱 치솟아 오르며
갈대숲 위로 은방울들 튀기는가.
난 나도 몰래 한숨 터지고,
그 갈대숲에 자던 개개비 떼는
화다닥 놀라 또 저리 튀면
풀섶의 풀끝마다에
이슬농사를 한 태산씩이나 짓던
풀여치들이 뚝, 그치고
난 나도 차마 숨죽이다간
풀여치들도 내 외진 서러움도
다시금 자지러진다. 그 소리에
또또 저 물싸린가 여뀌꽃인가
수천수만 눈뜨는 것이니
보라, 외로운 것들 서로를 이끌면
강물도 더는 못 참고 서걱서걱

온갖 보석을 체질해대곤
난 나도 무엇도 마냥 젖어선
이렇게는 못 견디는 밤,
외로운 것들 외로움을 일 삼아
저마다 보름달 하나씩 껴안고
생생생생 발광發光하며
아, 씨알을 익히고 익히며
저마다 제 능선을 넘고 넘는가.
외로운 자는 제 무명의 빛으로
혹간은 우주의 쓸쓸함을 빛내리.

정자나무 그늘 아래

느티나무 수만 이파리들이 손사래 치는
느티나무 그늘 소쇄한 정자에
애진 마음이 다 되어 앉아 본 적이 있느냐.
물색 푸른 앞들은 가멸지고,
나는 오늘도 정자에 나와선
멍석말이쯤 당한 삭신이라도
바람의 아홉새베에 씻고 씻어 보는 것이다.
느티나무 그늘 암암할수록
그늘 밖의 세상은 아연 환해지는
느티나무 그늘에 너와라도 함께인 듯 앉아,
저 느티나무의 어처구니 둥치와
둥치에 새겨진 세월의 편린片鱗을 생각하면
오목가슴이 꽉 메여오기도 하는데,
나는 내 사소한 날의
우련 우련 치미는 서러움만
매미 떼의 곡지통에 실어 보는 것이다.
이제는 찾는 이도 몇 안 되는 정자에
시방 몇몇의 고랑진 허드레 얼굴들,
그 흙빛 들수록 앞들은 점점 푸르러지는

느티나무 그늘 생생한 정자에서
어제는 하염없던 쑥국새 울음을 듣고
시방은 치자향 아득한 것도 맡아 보는데,
딴엔 꽃과 새의 시청視聽 너머에
더 간절한 바도 있는 것이다.
가령 이 느티나무 둥치 부여안고
흰 달밤, 어느 여인이 목 놓아 울고
이 느티나무 둥치 찍어대며
웬 봉두난발이 발분했던가 하는 것들인데,
너는 언젠가 추억되는 것의 아름다움
혹은 슬픔이라고 했던가. 나는
내친김에 실낱 줄기 못 끊는 저 냇물과
그 냇가의 새까만 뻘때추니 떼며
겨울이면 마을의 그만그만한 집들과
나뭇가지 끝마다 열리는 별 떼랑
하냥 난장을 트던 것도 되새김하다간,
그 은성했던 육두문자와 파안대소와도
참 서느럽게는 등을 돌린 정자에 앉아
오늘은 다만 성성한 노동과

오늘은 다만 뜨거운 사랑과 휴식의
오늘의 생생한 나라를 묻고 묻는 것이다.
오늘도 간간 쑥국새 울음은 깃들어선
이렇게 두 눈 그렁그렁하게는
흰 구름 저편까지를 바라보게 하는데
그러면, 저기 저 생生은 또 어쩌려고
뭉실뭉실 이는 수국화처럼
환한 그늘로 차오르고,
이쯤이면 나도 그만 애진 마음이 다 되어
부쩌지 못하는 걸 너도 알겠느냐.
그러다가도 상처투성이의 느티나무와
그 상처마다에서 끈덕지게는 뽑아내는
푸른 잎새를 헤다 보면
그 잎새 하나로 묵묵청청默默靑靑 남는 일도
너무 서러워지지는 않겠다 싶은 날,
앞들은 이미 벼꽃 장관을 펼치는 것이다.

상처의 향기

나는 보았네, 지난 봄날 지리산에서
나와 딱 마주쳤을 때 멀뚱멀뚱거리다간
점점 호동그래지던 고라니의 눈을.
내가 꽃발 꽃발을 딛고 다가가자
순간 후다닥 산정으로 튀는데,
그와 동시에 주위에 아득아득 퍼지던 향기를.
그 날랜 발이 천리향 그루를 건드렸던 것인데
꽃가지가 찢기고 꽃들이 흩어진 나무는
그 향기를 마음속 천 리까지 끼치더라니!

계곡에서 일던 생생한 바람이여
상처에서 일던 너의 그리움이여

세한도

날로 기우듬해 가는 마을회관 옆
청솔 한 그루 꼿꼿이 서 있다.

한때는 앰프 방송 하나로
집집의 새앙쥐까지 깨우던 회관 옆,
그 둥치의 터지고 갈라진 아픔으로
푸른 눈 더욱 못 감는다.

그 회관 들창 거덜내는 댓바람 때마다
청솔은 또 한바탕 노엽게 운다.
거기 술만 취하면 앰프를 켜고
천둥산 박달재를 울고 넘는 이장과 함께.

생산도 새마을도 다 끊긴 궁벽, 그러나
저기 난장 난 비닐하우스를 일으키다
그 청솔 바라보는 몇몇들 보아라.

그때마다, 삭바람마저 빗질하여
서러움조차 잘 걸러내어

푸른 숨결을 풀어내는 청솔 보아라.

나는 희망의 노예는 아니거니와
까막까치 얼어 죽는 이 아침에도
저 동녘에선 꼭두서니빛 타오른다.

초록 성화聖火의 길

하늘에 닿을 듯 수려 찬란한 메타세쿼이아. 저 나무를 커다란 초록 성화라 해도 괜찮겠다. 담양에서 순창까지의 시오릿길에 도열한, 저 초록 성화 천여 자루. 내가 너희로 인해 세상을 수긍할 때 나는 무엇을 본 셈일까. 초록 성화의 길 저곳으로, 싱싱 씽씽 은륜을 밟는 아이들의 꿈, 스치는 이팝꽃 향기. 아득했다 하자. 초록 성화의 길 저곳으로, 뒤뚱거리는 한 노부부의 어두운 귀, 저미는 까치집의 까치 소리. 따뜻했다 하자. 나는 한숨과 탄식의 길을 걸어왔다. 초록 성화의 저 길로 어느 비바람 치는 날 비비비非非非 잎새 날릴 때, 터덜거리는 시골버스는 나보다 더 터덜거렸다. 터덜거리는 뒤끝이 별들의 푸른 밀어 쪽이라면, 그 푸른 전설들이 가지 끝마다 주저리주저리 열린다면, 저 나무가 한겨울 큰 눈 뒤집어쓴들, 어느 나그네의 시금詩琴이 울려나지 않을 리 없겠지. 나는 때로 슬픈 것을 좋아한다. 저 나무에 걸리던 동박새와 소쩍새의 울음을 추억한다. 나는 또한 생생한 것을 좋아한다. 저 나무를 흔들던 쓰르라미와 씨르래기의 노래를 기억한다. 초록 성화의 길, 저 길이 급기야 불끈! 청청! 하느님에게까지 닿는 길이거늘 나는 이제 고요하여도 되는가. 하면 저 길이 길이거늘 저 길을 잘라내고 웬 길을 내려는가. 마을에선 왜 조종弔鐘을 울려대지 않는가. 너와 나는 뜨거운 팔짱 끼고, 저 초록 성화의 길 아득한 소실점 속으로, 어떤 씩씩한 사랑으로 차마 사라지는가. 오늘은 염천, 저 초록 성화는 저희들끼리 분기탱천, 더욱 타오른다면, 나는 또 세상에 대하여 무엇을 소리칠까.

동안거冬安居

목화송이 같은 눈이 수북수북 쌓이는 밤이다
이런 밤, 가마솥에 포근포근한 밤고구마를 쪄내고
장광에 나가 시린 동치미를 쪼개오는 여인이 있었다

이런 밤엔 윗길 아랫길 다 끊겨도
강변 미루나무는 무장무장 하늘로 길을 세우리

고전古傳

아직도 낭자머리에 놋비녀를 지른 보성할매가
아직도 시린 새벽마다 놋요강을 비우는 터앝에
노오란 볏짚이 가지런 가지런 덮였다

아, 그 속에서 더욱 매워진 마늘쪽들은
새푸른 꿈의 촉들을 틔우느라 마냥 웅성거리리

큰 잠

저 사람 아직도 저기 있네
감나무 그늘 아래
평상을 놓고
저 무량한 햇살에
윤기 잘잘 흐르는
감나무 잎새 헤아리네

저 사람 아직도 저기 있네
감나무 그늘 아래
큰대자로 뻐드러져서
저 무량한 바람에
수천수만 살랑거리는
감나무 잎새 헤아리네

텃밭에 참깨씨 마저 놓는 일
잠시 밀쳐두면 어떤가
사람이 잠시 게으르면
감꽃 뚝뚝, 지는 시간도 보고
사람이 스스로 가난하면

소나기 후드득, 듣는 시간도 잊네

저 사람 아직도 저기 있네
저 사람 마누라
화급을 다투는 소리 내질러도
밤꽃 향기는 풍겨오고
뻐꾹새는 큰 잠을 달래고
하늘은 다시 청청하네

미루나무 연가

저 미루나무
바람에 물살쳐선
난 어쩌나,
앞들에선 치자꽃 향기.
저 이파리 이파리들
햇빛에 은구슬 튀겨선
난 무슨 말 하나,
뒷산에선 꾀꼬리 소리.
저 은구슬만큼 많은
속엣말 하나 못 꺼내고
저 설렘으로만
온통 설레며
난 차마 어쩌나,
강물 위엔 은어떼빛.
차라리 저기 저렇게
흰 구름은 감아 돌고
미루나무는 제 키를
더욱 높이고 마는데,
너는 다만

긴 머리칼 날리고
나는 다만
눈부셔 고개 숙이니,
솔봉이여, 혀짤배기여
바람은 어쩌려고
햇빛은 또 어쩌려고
무장 무량한 것이냐.

감나무 그늘 아래

감나무 잎새를 흔드는 게
어찌 바람뿐이랴.
감나무 잎새를 반짝이는 게
어찌 햇살뿐이랴.
아까는 오색딱다구리가
따다다닥 찍고 가더니
봐 봐, 시방은 청설모가
쪼르르 타고 내려오네.
사랑이 끝났기로서니
그리움마저 사라지랴,
그 그리움 날로 자라면
주먹송이처럼 커갈 땡감들.
때론 머리 위로 흰 구름 이고
때론 온종일 장대비 맞아 보게.
이별까지 나눈 마당에
기다림은 웬 것이라만,
감나무 그늘에 평상을 놓고
그래 그래, 밤이면 잠 뒤척여
산이 우는 소리도 들어 보고

새벽이면 퍼뜩 깨어나
계곡 물소리도 들어 보게.
그 기다림 날로 익으니
서러움까지 익어선
저 짙푸른 감들, 마침내
형형 등불을 밝힐 것이라면
세상은 어찌 환하지 않으랴.
하늘은 어찌 부시지 않으랴.

백련사 동백숲길에서

누이야, 네 초롱한 말처럼
네 딛는 발자국마다에
시방 동백꽃 송이송이 벙그는가.
시린 바람에 네 볼은
이미 붉어 있구나.
누이야, 내 죄 깊은 생각으로
내 딛는 발자국마다엔
동백꽃 모감모감 통째로 지는가.
검푸르게 얼어붙은 동백잎은
시방 날 쇠리쇠리 후리는구나.
누이야, 앞바다는 해종일
해조음으로 울어대고
그러나 마음속 서러운 것을
지상의 어떤 꽃부리와도
결코 바꾸지 않겠다는 너인가.
그리하여 동박새는
동박새 소리로 울어대고
그러나 어리석게도 애진 마음을
바람으로든 은물결로든

그예 씻어 보겠다는 나인가.
이윽고 저렇게 저렇게
절에선 저녁종을 울려대면
너와 나는 쇠든 영혼 일깨워선
서로의 무명無明을 들여다보고
동백꽃은 피고 지는가.
동백꽃은 여전히 피고 지고
누이야, 그러면 너와 나는
수천수만 동백꽃 등을 밝히고
이 저녁, 이 뜨건 상처의 길을
한번쯤 걸어 보긴 걸어 볼 참인가.

연비聯臂*

이 선홍 장미로 즙을 내리
장미 가시론 바늘을 삼으리

아, 저쪽에선 번개칼이라도 달궈야 할라나

하면 그대는
수밀도 같은 젖가슴 언저리거나
백설기빛 허벅지 속살이겠는지

시방은 우르르 쾅, 우레도 한번 넘은 뒤라면

이윽고 한 땀 한 땀 장미송이든지
한 톨 한 톨 정금正金의 말씀이든지를

차마 거기,
차마 거기,
차마 그렇게 서러워선 못 새길라나

그대의 잉걸불 같은 밀어들만

뿌지지 뿌지지, 내게 화인 되어 찍힐라나

그런 그날 밤, 저쪽에서는
어디 천년목千年木 한 그루쯤은 새까맣게 지지는

그런 그날 밤은
어쩌를 하리, 장대 장대 장대비!

* 사랑하는 남녀끼리 몸의 은밀한 부분에 하는 문신.

주옥珠玉

어머니, 어머니, 어머니!

세상에 가진 것 눈물 하나로
샛별 달별 싸라기별 죄 끌어다 피운
어느 미르기 옆의 수국 꽃송이같이

전각篆刻

푸르른 한때
애인의 이름을 나무둥치에 새기며
소리 죽여 운 적이 있다.

수천수만 나뭇잎이 일렁거렸다.

새말 언덕에 원두막 한 채를 치다

실베짱이 실베짱이가
어둠의 아홉새베를 짜 둘러치는 원두막,
저 동그란 램프불 둘레로
시방 온갖 날기운들이 모람모람 몰리는 것인데

거기 이제 막 탐스런 포도송이를
두 손 모아 받쳐 드는
저 포도추럼 온 연인들의 호동그래진 눈동자라니!

그들 이내 포도알 하나씩 입에 따 넣고
아흐흐 아흐흐, 퍼지지 않고는 못 배기는 단내와
젖지 않고는 못 배기는 못 배기는 가슴들.

그 모습일랑 하도 보기 좋아서는
옜다, 한 송이쯤 더 주고도 좋아서는
입 못 다는 쥔영감도 잠시 사람 형용은 아니렷다!

그러면 또 이제부턴 저 램프불로부터
온갖 날기운들이 속속 밖으로 퍼져나가는 것인데

그들이 푸우푸우, 내뱉는 포도씨들도 흩어져
하늘의 별로 총총 박힌다 해서 왜 아니랴.

실베짱이 실베짱이야
이젠 어둠의 아홉새베를 흔들어
거기 또 이슬 떼를 마구 쏟는다 해서, 내 무슨
생생한 저편을 엿보았다곤 차마 못 하는 것이다.

수선화, 그 환한 자리

거기 뜨락 전체가 문득
네 서늘한 긴장 위에 놓인다

아직 맵찬 바람이 하르르 멎고
거기 시간이 잠깐 정지한다

저토록 파리한 줄기 사이로
저토록 환한 꽃을 밀어 올리다니!

거기 문득 네가 오롯함으로
세상 하나가 엄정해지는 시간

네 서늘한 기운을 느낀 죄로
나는 조금만 더 높아야겠다

상처에 대하여

솔가지 꺾던 낫날에 왼손 집게손가락을 날렸다지요. 두엄자리 뒤던 쇠스랑날로 오른쪽 발등을 찍었다지요. 거친 밥 독한 소주에 가슴앓이 이십 수년, 복부의 수술 자리는 시방도 애린다지요. 좋은 일은 다 잊었는데 몸의 상처론 환히 열리는 서러움들, 참으로 야릇하다고, 이게 다 몸으로 살아온 탓 아니겠느냐고 활짝 웃는 얼굴의 주름살. 그건 그대로 논 밭고랑이네요. 마치 앞강 잉어들의 비늘무늬가 그들이 늘 헤살치는 물결을 닮았듯이, 봄날 당신이 잘 갈아놓은 밭을 닮았네요. 여기에 무얼 심을 거냐고 했더니 이제 복숭아를 심겠다네요. 암종으로 먼저 간 아내가 그토록이나 좋아하던 복숭아라네요. 복숭아 같던 아내의 젖가슴을 쉿, 처음으로 움켜쥐던 비밀도 이 손이 기억하고 있다고, 무심코 입술에 가져다대는 아, 없는 집게손가락! 그 뭉툭한 상처 자리가 반질반질 윤을 내고야 말더라니.

앞강도 야위는 이 그리움

그토록 흐르고도 흐를 것이 있어서 강은
우리에게 늘 면면한 희망으로 흐르던가.
삶은 그렇게 만만하지 않다는 듯
굽이굽이 굽이치다 끊기다
다시 온몸을 세차게 뒤틀던 강은 거기
아침 햇살에 샛노란 숭어가 튀어 오르게도
했었지. 무언가 다 놓쳐 버리고
문득 황황해하듯 홀로 강둑에 선 오늘,
꼭 가뭄 때문만도 아니게 강은 자꾸 야위고
저기 하상을 가득 채운 갈대숲의
갈대잎은 시퍼렇게 치솟아오르며
무어라 무어라고 마구 소리친다. 그러니까
우리 정녕 강길을 따라 거닐며
그 윤기 나는 머리칼 치렁치렁 날리던
날들은 기어이, 기어이는 오지 않아서
강물에 뱉은 쓴 약의 시간들은 저기 저렇게
새끼만 암죽으로 끓어서 강줄기를 막는
것인가. 우리가 강으로 흐르고
강이 우리에게로 흐르던 그 비밀한 자리에

반짝반짝 부서지던 햇살의 조각들이여,
삶은 강변 미루나무 잎새들의 파닥거림과
저 모래톱에서 씹던 단물 빠진 수수깡 사이의
이제 더는 안 들리는 물새의 노래와도 같더라.
흐르는 강물, 큰물이라도 좀 졌으면
가슴 꽉 막힌 그 무엇을 시원하게
쓸어버리며 흐를 강물이 시방 가르치는 건
소소소 갈대잎 우는 소리 가득한 세월이거니
언뜻 스치는 바람 한 자락에도
심금 다잡을 수 없는 다잡을 수 없는 떨림이여!
오늘도 강변에 고추멍석이 널리고
작은 패랭이꽃이 흔들릴 때
그나마 실낱같은 흰 줄기를 뚫으며 흐르는
강물도 저렇게 그리움으로 야위었다는 것인가.

길에 관한 생각

마음은 쫓기는 자처럼 화급하여도 우리는
늘 너무 늦게 깨닫는 것일까. 새벽에 일어나
흰 이슬 쓰고 있는 푸성귀밭에 서면
저만큼 버려두었던 희망의 낯짝이 새삼
고개 쳐드는 모습에 목울대가 치민다. 애초에
그 푸르름, 그 싱싱함으로 들끓었던 시절의
하루하루는 투전판처럼 등등했지, 그 등등함
만큼 쿵쿵거리는 발길은 더 뜨거웠으니
어느 순간 텅 비어 버린 좌중에 놀라,
이미 사랑하지 않으면서도 적당히 타협해 버린
연인들처럼, 그렇게, 한번 그르쳐 든 길에서
남의 밭마저 망쳐온 것 같은 아픔은 깊다.
살다 보면 정 들겠지, 아니 엎어지든 채이든
가다 보면 앞은 열리겠지, 애써 눈을 들어
먼 산을 가늠해 보고 또 마음을 다잡는 동안
세월의 머리털은 하얗게 쇠어갔으니,
욕망의 초록이 쭉쭉 뻗쳐오르던 억새풀 언덕에
마른 뼈들 스치는 소리는 생생하다. 그 소리에
삶의 나날의 몸살에 다름 아니던 별들은

또 소스라치다 잦아드는 새벽, 오늘도
푸성귀밭에 나가 오줌발을 세우는 것은
한번도 잡아 본 적이 없는 갑오패 같은 그리움
이토록 질기다는 것인지. 어디서 좋은 또 울고,
그러면 황급히 말발굽을 갈아 끼우고
잡목에 덮인 저 황토잿길을 올려다보는
마부처럼, 꿈에 견마 잡힌 우리도 뚜벅뚜벅
발길을 떼야 하는 일이 새삼 절실한데
소슬바람은 부는 것이다. 계절은 벌써 깊어져
우리는 또 한 발 늦는다 싶은 것이다.
한 발 늦는 그것이 다시 길을 걷게 한다면
저 산도 애써 아침해를 밀어올리긴 하지만.

면면綿綿함에 대하여

너 들어 보았니
저 동구 밖 느티나무의
푸르른 울음소리

날이면 날마다 삭풍 되게는 치고
우듬지 끝에 별 하나 매달지 못하던
지난겨울
온몸 상처투성이인 저 나무
제 상처마다에서 뽑아내던 푸르른 울음소리

너 들어 보았니
다 청산하고 떠나 버리는 마을에
잔치는 아직 끝나지 않았다고
그래도 지킬 것은 지켜야 한다고
소리 죽여 흐느끼던 소리
가지 팽팽히 후리던 소리

오늘은 그 푸르른 울음
모두 이파리 이파리에 내주어

저렇게 생생한 초록의 광휘를
저렇게 생생히 내뿜는데

앞들에서 모를 내다
허리 펴는 사람들
왜 저 나무 한참씩이나 쳐다보겠니
어디선가 북소리는
왜 둥둥둥둥 울려나겠니

그 희고 둥근 세계

나 힐끗 보았네
냇갈에서 목욕하는 여자들을

구름 낀 달밤이었지
구름 터진 사이로
언뜻, 달의 얼굴 내민 순간
물푸레나무 잎새가
얼른, 달의 얼굴 가리는 순간

나 힐끗 보았네
그 희고 둥근 여자들의
그 희고 풍성한
모든 목숨과 신출神出의 고향을

내 마음의 천둥 번개 쳐서는
세상 일체를 감전시키는 순간

때마침 어디 딴세상에서인 듯한
풍덩거리는 여자들의

참을 수 없는 키득거림이여

때마침 어디 마을에선
훅, 끼치는 밤꽃 향기가
밀려왔던가 말았던가

저물녘의 우주율宇宙律

해종일 꽈리를 트는
맹꽁이의 합창으로
새록새록 자라는 어린 벼들,
온 들을 뒤덮는 찔레 향기에
단내 겨운 숨결을
씻고 씻는 사람들,
또 저렇게 뻐꾹새는 뻐꾹거려선
풀 뜯는 소들, 먼 산 보게 하듯
제 푸르른 숨결을 뽑아내
차르르 차르르 생바람을 일으키는
저 유월의 잎새들,
그렇다면 이 넘치는 저물녘에
서로를 속삭여 주지 않는 것이
어디에 있으랴.
괜스레 글썽거려 하늘로 고개 들면
또 별들은 우르르 피어나
저희는, 저희는,
그대 눈물이 빚은 정금들이에요!
그러니 어쩌랴

우리도, 우리도 정녕 이쯤 해선
귀청 하나 맑게 열어
저쪽 마을의 등불들,
그 애절한 호명을 경청하지 않고
어찌 우주율 속에
한 목숨을 밀어 넣으랴.
시방은 저 능선도 꿈틀거려선
하늘과 교접하는 시간,
무장무장 꽈리를 트는
맹꽁이의 합창으로
천지간에 넘치는 불립문자들.

여름 다저녁때의 초록 호수

이제 시인은 숲으로 가지 못한다지만
아직도 숲속 골짜기에는
산 절로 물 절로 하는 호수들이 있긴 있는
것이다. 마을 뒷산 속에 있는
그중 하나를 나는 황혼 무렵이면 찾는데
늘 산영이 잠겨 푸르게 물들어버린
호수 위로 우선 밀잠자리며 실잠자리들
편대 지어 날아오르고
아무런 욕심이 없어야만 열릴 것 같은
깊고 그윽하고 투명한 숲속의 호수는
물 위에서 제 몸을 잽싸게 튀기는
소금쟁이로도 잔물결 가득 일으킨다.
어디 그뿐인가, 온몸이 남빛인 물총새는
쏜살같이 물 속에 뛰어들어 첨벙!
소리가 채 나기도 전에 물 밖으로 나오는데
그 긴 부리에는 이미 노란 버들치나
은빛 피라미가 물려 있는 것이다.
그렇다고 해서 삐르르르르 하고 우는
호반새들이 이따금 노래하지 않을 수 없고

그런 것들이 온갖 살아 있는 움직임이라고
떠벌릴 것까지는 정말 없지만
호숫가 갈대를 헤치며 다니는 물뱀들이
스르르 옆으로 미끄러져 오자
순간 푸드드득, 창공으로 차고 오르는
물오리 떼의 그 찬연한 비상과
이윽고 다시 고요를 찾은 수면에
은비늘 금비늘 마구 뿌려대는 저녁 햇살은
정말 그 누구의 조화 속이 아니고서
무엇이던가. 이윽고 숲바람 일렁이면
온갖 살아 있는 것들이 진저리 치도록
싱그러운 오르가슴에 떨고 마는
여름 다저녁때, 내가 이 숲속의
산 절로 물 절로 하는 호숫가에서
이제라도 시인은 숲으로 오라고 한다면
저기 저 암수가 나란히 물을 미는
원앙처럼, 어딘가에선 우리네 연인들도
벌써 서로의 생명의 입속으로
뜨거운 혀를 밀고 있긴 있을 것이다.

들길에서 마을로

해거름, 들길에 선다. 기엄기엄 산그림자 내려오고 길섶의 망
초꽃들 몰래 흔들린다. 눈물방울 같은 점점들, 이제는 벼 끝으로
올라가 수정방울로 맺힌다. 세상에 허투른 것은 하나 없다. 모두
새 몸으로 태어나니, 오늘도 쏙독새는 저녁 들을 흔들고 그 울음
으로 벼들은 쭉쭉쭉쭉 자란다. 이때쯤 또랑물에 삽을 씻는 노인,
그 한 생애의 백발은 나의 꿈. 그가 문득 서천으로 고개를 든다.
거기 붉새가 북새질을 치니 내일도 쨍쨍하겠다. 쨍쨍할수록 더
욱 치열한 벼들, 이윽고는 또랑물 소리 크게 들려 더욱더 푸르러
진다. 이쯤에서 대숲 둘러친 마을 쪽을 안 돌아볼 수 없다. 아직
도 몇몇 집에서 오르는 연기. 저 질긴 전통이, 저 오롯한 기도가
거기 밤꽃보다 환하다. 그래도 밤꽃 사태 난 밤꽃 향기. 그 싱그
러움에 이르러선 문득 들이 넓어진다. 그 넓어짐으로 난 아득히
안 보이는 지평선을 듣는다. 뿌듯하다. 이 뿌듯함은 또 어쩌려고
웬 쏙국새 울음까지 불러내니 아직도 참 모르겠다. 앞강물조차
시리게 우는 서러움이다. 하지만 이제 하루 여미며 저 노인과 나
누고 싶은 탁배기 한 잔. 그거야말로 금방 뜬 개밥바라기별보다
도 고즈넉하겠다. 길은 어디서나 열리고 사람은 또 스스로 길이
다. 서늘하고 뜨겁고 교교하다. 난 아직도 들에서 마을로 내려서

는 게 좋으나, 그 어떤 길엔들 노래 없으랴. 그 노래가 세상을 푸르게 밝히리.

맹꽁이 울음소리에 접신接神한 저녁

너 잊었니, 삿갓배미마저 수놓고 나면
비로소 갈갈거리는 맹꽁이 소리
욱신욱신, 삭신을 저미는 그 소리에
별들도 황급히 눈을 뜨는 소리

너 잊었니, 맹꽁이 소리에 감응치 않는다면
시방 어스름 속에서 쭉쭉쭉거리는
머슴새의 울음소리도 처량하다는 거
때마침 풍겨오는 밤꽃내도 지독하다는 거

무언가 외롭고 황홀한 심사 속에서
잔바람에 사운거리는 어린 모들
이제 마악 뿌리 잡는 어린 모들의 전율
너 잊었니, 맹꽁이 소리에 무장무장 신들린
모 끝마다 이윽고 수정방울이 돋는 거

그러니까 시방, 세상 천지 자욱한
단내 나는 숨결을 잠재우며
무언가 하늘과 땅과 사람의 꿈을

축원하는 소리가 무엇이겠니
그러니까 맹꽁이 울음소리에 접신한
저녁의 무한 고요를 모르고서 무엇이겠니

보아라, 삿갓배미마저 수놓고 나면
맹꽁이떼가 온 들을 떠메어가는 소리
그 소리 하나에 너도 울고 나도 울고
우주의 자궁 속에서 애액 터지는 소리

수숫대 높이만큼

네가 그리다 말고 간
달이 휘영청 밝아서는
댓그림자 쓰윽 쓰윽
마당을 잘 쓸고 있다
백 리 밖까지 확 트여서는
귀뚜라미 찌찌찌찌찌
너를 향해 타전을 하는 데
아무 장애는 없다
바람이 한결 선선해져서
날개가 까실까실 잘 마른
씨르래기의 연주도
씨르릉 씨르릉 넘친다
텃밭의 수숫대 높이를 하곤
이 깊고 푸른 잔을 든다
나는 아직 견딜 만하다
시방 제 이름을 못 얻는
대숲 속의 저 새 울음만큼.

무명연가無明戀歌

흰술잔무늬의 꽃치자꽃에
알록달록한 채색의
거꾸로여덟팔나비 앉았네

나는 아직도 사랑을 모른다네

행여 저 꽃치자 같은
네 순결의 향기에 취하면
내 영혼도 한번쯤은
저 나비의 채색을 입을는지

보라, 생금生金빛 태양 아래
반짝이고 반짝이는 진초록들

나는 아직도 너를 기다린다네

은행나무길

샛노란 불꽃의
활활거리는 은행나무가
정녕 고요한데도 한 잎 두 잎
길가에 불똥을 떨군다

그 길을 머루빛 눈동자의
찰랑거리는
여인이 걷고 있다

그 길을 이따금
맑은 바람이 스쳐와
이제는 불비 꽃비
천지간 물들이고 있다

아직도 세상의 매혹당할 그
무엇인가를 찾아
우리가 또옥또옥
발걸음을 옮길 수 있다면
저토록 저토록 환해지는 걸까

시방 창공을 가르는
새의 날갯짓에도
하늘의 길이 열리고
내 글썽이는 눈동자 속엔
글썽임만큼의
우주가 탁! 트인다

십일월

갱변의 늙은 황소가 서산 봉우리 쪽으로 주둥이를 쳐들며 굵은 바리톤으로 운다

밀감빛 깔린 그 서쪽으로 한 무리의 새 떼가 날아 봉우리를 느린 사박자로 넘는다

그리고는 문득 텅 비어 버리는 적막 속에 나 한동안 서 있곤 하던 늦가을 저녁이 있다

소소소 이는 소슬바람이 갈대숲에서 기어 나와 마을의 등불 하나하나를 닦아내는 것도 그때다

고요한 빛

홍청홍청한 가지를 흔들자 붉은머리오목눈이의 대가리 같은 대추알들이 후두둑 후두둑 우박 소리로 쏟아진다. 어느새 몰려든 마을 사람들이 대추를 보고도 안 먹으면 늙는다며 한 줌씩 집어가고, 돌담장에서 쪼르르 달려 나온 다람쥐가 그중 탱탱한 한 알을 물어가고도 남은 게 서 말 정도다. 그 뒤, 나뭇가지의 허전함을 달래는지 늦가을 햇살이 내려와 소근소근거리고 가지들은 이따금씩 끄덕끄덕거리는 오후, 나는 괜히 먼뎃산으로 고개를 든다.

한가함을 즐기다

세상에 어린 강아지하고요
세상에 어린 새끼 까치가
마당의 밥그덩을 사이에 두고
가르릉 가르릉 엄포를 놓고
까아작 까아작 뽀짝거리네요

세상에 이쁜 강아지하고요
세상에 이쁜 새끼 까치가
장난질 치듯 밥다툼을 하는데
난 한편으론 강아지 편을 들다가
또 한편으론 새끼 까치 편을 드네요

그러다가 이제 즈이야 그러든 말든
난 괜히 벌개지도록 홍감하여선
대문 옆의 홍색 자색 연분홍
봉숭아꽃에 짐짓 눈길을 주네요
발밑에 줄 지어가는 개미도 보네요

사람이 한가해서 어정거리니

하늘의 흰 구름을 따르고 싶고
나뭇잎처럼 반짝이고도 싶은데
바쁘나바쁜 세상에 하느님이 뭐라 하실는지요

저물녘을 견디는 법

오무라졌던 분꽃이 다시 열릴 때
저 툇마루 끝에
식은 밥 한 덩이 앞에 놓고 앉아
혼자서 멀거니
식은 서천을 바라보는 노인이여!
당신, 어느 초여름날
햇살이 환하게 비추는 것도 모르고
옆 논의 아제가 힐끔대는 것도 모르고
그 푸른 논두렁에서
그 초롱초롱한 아이에게
퉁퉁 불은 젖퉁이를 꺼내 물리는 걸
난 본 적이 있지요
당신, 그 박모薄暮 속의 글썽거림에
나는 괜히 사무치어서 이렇게
추억 하나 꺼내 봅니다.
생은 추억으로 살 때도 있을 법에서
그만 최로 갈 생각 한번 해 본 거지요.

초록 바람의 전언

뒷동산 청솔잎을 빗질해 주던 바람이
무어라 무어라 하는 솔나무의 속삭임을 듣고
푸른 햇살 요동치는 강변으로 달려갔다 하자.
달려가선, 거기 미루나무에게 전하니
알았다 알았다는 듯 나무는 잎새를 흔들어
강물 위에 짤랑짤랑 구슬알을 쏟아냈다 하자.
그 의중 알아챈 바람이 이젠 그 누구보단
앞들 보리밭에서 물결치듯 김을 매다
이마의 구슬땀 씻어 올리는 여인에게 전하니,
여인이야 이윽고 아픈 허리를 곧게 펴곤
눈앞 가득 일어서는 마을의 정자나무를 향해
고개를 끄덕끄덕, 무언가 일별을 보냈다 하자.

아무려면 어떤가, 산과 강과 들과 마을이
한 초록으로 짙어가는 오월도 청청한 날에,
소쩍새는 또 바람결에 제 한 목청 다 싣는 날에.

4부

날랜 사랑

장마 걷힌 냇가
세찬 여울물 차고 오르는
은피라미 떼 보아라
산란기 맞아
얼마나 좋으면
혼인색으로 몸단장까지 하고서
좀 더 맑고 푸른 상류로
발딱발딱 배 뒤집어 차고 오르는
저 날씬한 은백의 유탄에
푸른 햇발 튀는구나

오호, 흐린 세월의 늪 헤쳐
깨끗한 사랑 하나 닦아 세울
날랜 연인아 연인들아

파안

마을 주막에 나가서
단돈 오천 원 내놓으니
소주 세 병에
두부찌개 한 냄비

쭈그렁 노인들 다섯이
그것 나눠 자시고
모두들 볼그족족한 얼굴로

허허허
허허허
큰 대접 받았네그려!

직관

간밤 뒤란에서
뚝 뚜욱 대 부러지는 소리 나더니
오늘 새벽, 큰 눈 얹혀
팽팽히 휘어진 참대 참대 참대숲 본다
그중 한 그루 톡, 건들며 참새 한 마리 치솟자
일순 푸른 대 패앵, 튕겨져오르며 눈 털어낸 뒤
그 우듬지 바르르바르르 떨리는
저 창공의 깊숙한 적막이여

사랑엔, 눈빛 한번의 부딪침으로도
만리장성 쌓는 경우가 종종 있다

성숙

바람의 따뜻한 혀가
사알짝, 우듬지에 닿기만 해도
강변의 미루나무 그 이파리들
짜갈짜갈 소리날 듯
온통 보석 조각으로 반짝이더니

바람의 싸늘한 손이
씽 씨잉, 싸대기를 후리자
강변의 미루나무 그 이파리들
후둑후두둑 굵은 눈물방울로
온통 강물에 쏟아지나니

온몸이 떨리는 황홀과
온몸이 떨리는 매정함 사이
그러나 미루나무는
그 키 한두 자쯤이나 더 키우고
몸피 두세 치나 더 불린 채

이제는 바람도 무심한 어느 날

저 강 끝으로 정정한 눈빛도 주거니
애증의 이파리 모두 떨구고
이제는 제 고독의 자리에 서서
남빛 하늘로 고개 들 줄도 알거니

참새

먹이 궁한 때면 고양이 노리는
토방의 개밥그릇에까지 내려앉고
삭풍 칠 때면 추위를 추위로 다스려
퍼런 탱자울에 우수수 쏟아지기도 하는

저것들, 겨울마다 날개 실한 새들처럼
멀리 따뜻한 나라로 떠나가지도 못하고
숫눈 무척 쌓인 아침엔 그 위에
싸늘한 주검들을 퍽이나 떨구기도 하며
이 땅의 엄동삼동 깜박깜박 견뎌 내는

저것들, 이윽고 햇볕 따스한 날이면
거참 앙증맞게는 짚벼눌에 올망졸망,
동병상련의 뱁새 떼마저 불러 앉아서는
새하얀 솜털을 자꼬만 헤집으며
톡톡톡톡 소리날 듯 튀어 오르기도 하며

이만큼의, 이만큼의 삶이라도
서로 나누는 온기 있으니 족하다는 듯

세상 참 천연덕스럽게는 재재거리는

저것들, 마침내 새벽이면 봄이면
이 땅 여명의 삶들을 싱싱하게 깨우되
그러나 가랭이가 찢어지도록
결코 황새 같은 철새나 좇지는 않는

마을의 별

마을은 아직도 남은 집들에
제 등불을 건다
사위 꼭꼭 조여드는 칠흑을 뚫고
저 산밑 제각집도 대밭 안집도
밀감빛 흐린 등불을 건다

하물며 어찌 개인들 짖지 않으랴
바람에 풀잎들 소스라치고
뭇 벌레들 울음소리만 살찌우는
적막강산을 찢으며
사람의 때 묻은 개도 몇 마리
컹컹거리다 잠이 들면

비로소 밤하늘 시퍼런 궁창에서
또록또록 별톨 영그는 소리!
그 별들의 나라 서걱서걱 삽질하며
마을에 칠흑의, 적막의 이슬을
마구 퍼붓는 퍼붓는 소리!

바로 그때
하늘이 가장 아름다운 그때가
사람이 가장 외로울 때
멀리서 밤 기적 소리도 들리느니

그러나 사람이 사는 일로
어찌 마음 비탈에 청솔 한 그루
못 치랴, 그 청청한 고독의 청솔이
저 터무니없이 눈뜬
세월의 외등을 더욱 빛내리

들길

모내기 끝낸 들에
치자꽃 향기 퍼진다
그 향기 따라
어린 모 뿌리를 잡는 들길 걷는다
바람은 솔솔 불어
길 옆 가득 피어나는 개망초꽃
그 숱한 흔들림으로 걷는다
흔들리며 걷는 게
어찌 또 들길뿐이랴
발자국 저벅일 때마다 뚝 뚜욱
그치는 개구리 울음에 젖어 걷는다
울며 젖어 걷는 게
어찌 또 들길뿐이랴
걷다 보니, 보아라
바람은 자꾸 스쳐 와
저 볏잎들 지극히 사운거린다
어린 모 땅맛에 젖어드는
저 기쁨의 떨림의 푸르른 몸짓
왜 우리에겐들 흐르지 않으랴

저만큼 산비얄의 나무들은
녹녹청청, 노을까지도 물들인다
그 물들임에 나도 물들어 걷노니
이제 산 우뚝 막아서서
돌아서 들 걸어든다
돌아서 걷는 이슬길에도
치자꽃 향기 그윽하여
모쪼록 그 꽃과 향기 몇 점
주막의 술잔에 띄우고 싶다

텅 빈 충만

이제 비울 것 다 비우고, 저 둔덕에
아직 꺾이지 못한 억새꽃만
하얗게 꽃사래 치는 들판에 서면
웬일인지 눈시울은 자꾸만 젖는 것이다
지푸라기 덮인 논, 그 위에 내리는
늦가을 햇살은 한량없이 따사롭고
발걸음 저벅일 때마다 곧잘 마주치는
들국 떨기는 거기 그렇게 눈 시리게 피어
이 땅이 흘린 땀의 정갈함을
자꾸만 되뇌게 하는 것이다, 심지어
간간 목덜미를 선득거리게 하는 바람과
그 바람에 스적이는 마른 풀잎조차
저 갈색으로 무너지는 산들 더불어
내 마음 순하게 순하게 다스리고
이 고요의 은은함 속에서 무엇인가로
나를, 내 가슴을 그만 벅차게 하는 것이다
그러니까 청청함을 딛고 정정함에 이른
물빛 하늘조차도 한순간에 그윽해져서는
지난여름 이 들판에서 벌어진

절망과 탄식과 아우성을 잠재우고
내 무슨 그리움 하나 고이 쓸게 하는 것이다
텅 빈 충만이랄까 뭐랄까, 그것이 그리하여
우리 생의 깊은 것들 높은 것들
생의 아득한 것들 잔잔한 것들
융융히 살아오게 하는 늦가을 들판엔
이제 때 만난 갈대만이 흰 머리털 날리며
나를 더는 갈 데 없이 만들어 버리고
저기 겨울새 표표히 날아오는 들 끝으로
이윽고 허심의 고개나 들게 하는 것이다

가난을 위하여

꼭두새벽, 넉 점도 못 됐는데
눈빛 비쳐든 창호문 새하얘서
맑게 깨어나는 정신, 서재에 들어
한기 뚝뚝 듣는 한산시寒山詩 펼친다
봄에 논밭 갈아 가을에 씨 거두고
엄동삼동에 책 읽는 버릇
그 무슨 천금을 줘도 못 바꿀레라
내 비록 가문 들판, 몇 줌 곡식 거둬
세안 양식에 못 미칠지라도
아내 몰래 쌀과 바꿔온 몇 권의 시집들
벌써 책장이 너덜너덜 닳았음이여
그 서책 닳는 만큼 깨이는 넋인 양
헛간 장태에선 수탉 울음 청청하고
창호에 비쳐든 눈빛은 하도 좋아
시 일 편에 담고자 펜끝 세우니
늙은 아버진 벌써 고샅길 샘길 내느라
쓱쓱 눈 쓰는 소리 바쁘시다
옳거니, 세상의 진실과 아름다움은
숫눈 쌓인 날 제때 기침하여

218

사람 내왕할 길부터 내는 데 또 있는 것
책 덮고 급히 앞문을 차니
눈부셔라, 울 너머 큰 눈 얹힌 청대숲
그 휘적휘적 휘어진 대줄기에서
포르릉 눈 털며 일군의 새 떼 치솟느니
마침내 나 사랑하리, 이 가난한 날들
천지 사계 공으로 누리는 사치며
거기에 죄 한 점 더하지 않는 꿈이랑.

저 홀로 가는 봄날의 이야기

"얼씨구, 긍께 지금 봄바람 나부렸구만잉!"

일곱 자식 죄다 서울 보내고 홀로 사는 홍도나무집 남원할매 그 반백 머리에 청명 햇살 뒤집어쓴 채 나물 캐는 저편을 향해, 봇도랑 치러 나오던 마흔두 살 노총각 석현이 흰 이빨 드러내며 이죽거립니다.

"저런 오사럴 놈. 묵은 김치에 하도 물려서 나왔등만 뭔 소리 다냐. 늙은이 놀리면 그 가운뎃다리가 실버들 되야불 줄은 왜 몰러?"

검게 삭은 대바구니에 벌써 냉이, 달래, 쑥, 곰방부리 등속을 수북이 캐담은 남원할매도 아나 해 보자는 듯 바구니를 쑤욱 내밀며 만만찮게 나옵니다.

"아따 동네 새암은 말라붙어도 여자들 마음 하나는 언제나 스무 살 처녀 맘으로 산다는 것인디 뭘 그려. 아 저그 보리밭은 무단히 차오르간디?"

"오매 오매 저 떡을 칠 놈 말뽄새 보소. 그려 그려. 저그 남원장 노류장화라도 좋응께 요 꽃 피고 새 우는 날, 꽃나부춤 훨훨 춤서 몸 한번 후끈 풀었으면 나도 원이 없었. 헌디 요런 호시절 다 까묵고 니 놈은 언제 상투 틀 테여?"

"아이고, 얘기가 고로코롬 나가분가? 허지만 사방 천지에 살구꽃 펑펑 터진들 저 저 봄날은 저 혼자만 깊어가는디 낸들 워쩔 것이요, 흐흐흐."

괜스레 이죽거렸다가 본전도 못 건졌다 싶은 석현이 이내 말꼬리 사리며 멈추었던 발 슬금슬금 떼어가는 그 쓸쓸한 뒷모습에 남원할매 그만 가슴이 애려와선 청명 햇살 출렁하도록 후렴구 외칩니다.

"이따 저녁에 냉이국 끓여 놓으께 오그라이. 우리 집 마당에 홍도꽃도 벌겋게 펴부렀어야!"

홍도화 필 때

아 글쎄 새뜸 홍도나무집 김생원은요 엊저녁부터 울어댄 누렁
년이 새벽녘엔 아예 바락바락 악을 써대는 통에 잠을 설치곤 일
찌감치 아래뜸 박영감에게 전화를 걸었더랍니다.

"어이, 지금 자네 부사리 좀 빌려야 쓰겄어."

"새퉁빠지게 그건 어따 쓰게?"

"아 그곳까장 안 들리던가, 우리 집 누렁년 불 않는 소리?"

"워매, 글면 과학적으로다 해결 일이제 이 문명 대낮에 웬 재
변이라냐?"

"쌕꾼이 폴쎄 세 파수나 댕겨갔어도 그 모냥이여."

"그러어? 글면 어디 모처럼 회춘이나 해 보까!"

전화 뒤 곧바로. 마을 대밭 돌아 공터에선 집채만 한 부사리가
배에 시뻘건 장칼을 차고 콧김을 씩씩 뿜으며 후닥닥 달려가, 꽃
빛으로 단 엉덩이를 한껏 뒤로 버티고 선 누렁년 등에 번개처럼
오르고 있었드랬는데요.

아 글쎄 때마침 저 남산에서 쑤욱 올라오던 아침해가 그걸 내
려다보고는, 그 해맑은 얼굴을 새빨갛게 물들인 채 숨도 제대로
못 쉬고 한참 동안이나 딱! 멈추어 있더랍니다.

출렁거림에 대하여

너를 만나고 온 날은, 어쩌랴 마음에
반짝이는 물비늘 같은 것 가득 출렁거려서
바람 불어오는 강둑에 오래오래 서 있느니
잔바람 한 자락에도 한없이 물살치는 잎새처럼
네 숨결 한 올에 내 가슴 별처럼 희게 부서지던
그 못다 한 시간들이 마냥 출렁거려서
내가 시방도 강변의 조약돌로 일렁이건 말건
내가 시방도 강둑에 패랭이꽃 총총 피우건 말건

분통리의 여름

닷새 만에 헛간에서 발견된
월평할매의 썩은 주검에서
수백 수천의 파리 떼가 우수수,
살촉처럼 날아오르는 처참에 울고

빈대 뛰는 온 방 안 뒤지고 뒤져
찾아낸 전화번호 속의 일곱 자녀들
기름때 묻은 머리로 하나둘 달려와
뒤늦게 뉘우치며 목 놓는 아픔에 울고

급기야 상여를 멜 남정네들 모자라
경운기로 울퉁불퉁 북망길 떠난 할매
굴삭기로 파놓은 구렁에 묻히는
그 험한 종말에 또 울었지만

어디 그뿐이랴 이 사양의 마을
그 어디건 헐린 담장, 텅 빈 마당에
개망초 눈물꽃은 흐드러지고
뻐꾹새 피울음은 종일 쏟아지고

224

이제 불과 예닐곱 집 연기 나는 곳
휑한 눈만 남은 또 다른 월평네들의
간단없는 해소 기침만 너무 질겨서
사방 산천 진초록도 목숨껏 노엽고

사람의 등불

저 뒷울 댓이파리에 부서지는 달빛
그 맑은 반짝임을 내 홀로 어이 보리

섬돌 밑에 자지러지는 귀뚜리랑 풀여치
그 구슬 묻은 울음소리를 내 홀로 어이 들으리

누군가 금방 달려들 것 같은 저 사립 옆
젖어드는 이슬에 몸 무거워 오동잎도 툭툭 지는데

어허, 어찌 이리 서늘하고 푸르른 밤
주막집 달려가 막소주 한 잔 나눌 이 없어
마당가 홀로 서서 그리움에 애리다 보니

울 너머 저기 독집의 아직 꺼지지 않은 등불이
어찌 저리 따뜻한 지상의 노래인지 꿈인지

그 순간

기차는 마침내 빼액 소리를 지르며
저 산모퉁이를 돌아 사라져가고
사내는 그녀가 마지막 건네주고 간
구리 반지 하나를 일그러뜨리며
털썩 철로변에 주저앉는 그 순간
사내의 가슴속에 가득 출렁이던
눈물이 왈칵 쏟아지기라도 한 듯
그 앞에 흰 들국화 서리서리 피어났습니다

겟집

지풀 널브러진 마당 가득

시래기에 돼지뼈를 고는 곰국내 자욱하였다

따순 방 안엔 발고랑내랑 두엄 묻은 옷 쉰내랑 콧설추를 분질러대도

삭정이 얼골들 그저 발그작작허니

곰삭은 육담들로 자글자글하였다

때론 찬바람 씨잉 부는 쌀값 쌀수입 논설로

화들짝허니 열어놓은 장지문 밖, 죄 없이 푸른 하늘까지 삿대질 뛰었지만

아무려나 오늘 하루쯤은 삼동네가 모여 북적허니

모처럼 사람내 나는 겟집에

새뜸 북잡이 김생의 둥둥 북소리도 울렸다

뒷산 서리봉에 걸린 노루꼬리해 다 정글도록 곰국 자꼬 끓어도 좋았다

세모의 눈

설코기로 나눌 돼지를 잡고도
한사코 회한과 허망함으로 떨던 저물녘
눈은 동구 밖 주막집의 막걸리잔에나 붐비더니
귀향할 살붙이들 길 걱정되는 이 밤에
눈은, 플래시 불을 밝히고 광에 나가
나락씨며 토란씨며 각종 씨오쟁이를 살피고 나오는
아버지의 호호백발 위에 지천으로 붐비나니
눈이여, 쓸쓸하고도 따뜻한 노여움의 눈이여
나는 봄에 빚은 매실주 한 병 챙겨 들고 네 속을 걸어
고향을 뜨겠다는 참등집 석현 형을 그예 말리러 가누나

달마중

– 농사일지

해거름 논두렁에 쥐불을 놓고
대보름 개와 같이 배고픈 우리
이 저녁 동구에서 만월을 빈다

냇가의 불꽃놀이 저리도 곱고
집집 돌며 풍물패는 신명 치는데
달 모양 달빛 보아 수한점 치며
몇몇이 동구에서 마음 씻는다

세월이 오명가명 비바람 치며
하나둘 곶감 줄 듯 비워지는 땅
남은 우리 가슴은 눈물로 끓고
정정한 그리움은 지풀로 날려도

앞들 뒷들 휘영청 달빛은 밝다
앞들 뒷들 휘영청 달빛은 밝다

그 아래 새파란 겨울 보리씨
모진 혹한 즈려밟고 저리 맑으니

아무렴 올 한 해도 풍년 들겠다
더도 말고 덜도 말고 만월 드높다

밤꽃 피는 세상 그려

– 농사일지

모내기 끝낸 유월 하지
텃밭가 푸르르매 타는 밤꽃이
휘영청 달빛 싣고 밤을 환히 밝힐 때
토방 아래 평상 위
고단한 육신을 누이신 어머님의 머리맡으로
보리께끼며 마른 쑥잎 모아 모깃불을 놓는다.

이따금 바람 스쳐와 지친 눈 서늘히 깨우고
오늘따라 하늘가에 별빛 또한 맑지만
줄곧 끙끙대며 아픈 삭신을 뒤척이시는
어머님의 신음 소리는 금세
천지사방의 엉머구리 떼 울음이 되어 쏟아진다.

일평생 못난 자식들 생각 빼놓곤
그 무엇을 위한 욕심도 접고
다만 살아 있는 날들의 일상으로 기쁨보다
서러움으로 얼룩진 땅에서 씨 뿌리고 살아오신
당신의 생애는 올해도
왜 나의 타는 그리움 되어 푸른 하늘에 걸릴까,

골담초 우거진 샘가에서
뜨건 목을 적시고 등물 끼얹고 돌아와
어머님의 야윈 다리를 주물러드려 보지만
모깃불 꾸역거려도 모기는 더욱 극성대듯
어머님의 신음 소리는 밤으로 더욱 깊어가고
나는 다만 흐려진 눈 들어
아픔 너머 환히 타는 밤꽃 자꾸 치어다본다.

낫질
– 농사일지

맑은 가을볕 온 들에 훤하다.
또 한 해 가뭄 장마 병충해 다 이기고
품앗이 이웃들 함께 나락 베는 날,
우리의 눈물처럼 애틋이 타오르는
논두렁의 방울방울 들국꽃이 새하얗고
산들산들 산들바람은 지극히 불어
땀에 젖는 우리의 피로를 말끔 씻는다.
그렇다, 지난 봄 여름 그토록 허덕여
우리 오늘 오진 나락깍지 무게에 취하여
싹둑싹둑 날렵히 나락 베는 이 기쁨은
날갯짓 세찬 새 되어 하늘 깊숙이 치솟는다.
가을볕 너무 맑아 차라리 서러운데
추수도 전에 나온 영농자금상환서며
막내 공납금 걱정에 어머니는
지레 구시렁거리는 소리로 한나절이지만
마음 더욱 그래도 뿌듯하고 든든한 것은
막걸리잔 서로 돌리는 이웃들의 넉살과
들 가득 울려 퍼지는 노랫가락 소리들,
낫질을 한다, 우두둑거리는 뼈마디 세우며

천 날 만날 빚과 허기에 지친 우리 농사꾼
슬픔도 노염도 일으키며 낫질을 한다.
베는 게 나락만이 아닌 이 독한 그리움으로
날랜 낫질도 날렵히 나락 베는 날,
앞산 뒷산 사방의 단풍 드는 나뭇잎들은
노랗고 붉은 박수갈채를 끝없이 쳐대고
맑은 가을볕은 더욱 맑아 온 날을 닦아
저기 저렇게 하늘도 천년으로 시퍼렇다.

빈 들
– 농사일지

초겨울 볕 여린 들에 선다
이제 그 가슴에 비울 것 다 비우고
저 홀로 은은한 들판에 선다
이 논 저 논의 짚벼눌만은 저리 단정한데
저기 용수배미 갈다 어제 낮참
뒷산 양지뜸에 묻힌 남평영감 생각난다
흙에서 왔다 흙에서 살다
올 거둔 햅쌀밥 먹고 흙으로 돌아간
그 영감 성성하던 백발이 저기
돈들막의 갈꽃으로 일렁인다
바람이 불어온다 바람에
마른 풀잎이 날고 지풀이 날고
논두렁의 늦은 들국 몇 송이가 눈물겹다
우리네 힘든 일엔 때가 있고
우리네 독새풀 같은 삶도 때 되면
필경 허허로운 평야로 순명 다하는 것
곧 이어 저 들에 보리씨 싹터 올지니
내일은 저 산밑 찬샘논 가는 만근이
그간 서른도록 장가 못 가 안달이더니

남원 처녀 데려와 새살림 차린단다
그리움 안고 지고 초겨울 빈들에 서니
흙으로 가고 오는 사람들의 역사가
정정한 눈물로 그리워 보이고
저다지 넉넉 평평한 들 아니면 결코
우리네 삶 뜻도 없을 진실이 보인다
그 진실이 오래오래 빈 들에 서게 한다.

귀가

– 농사일지

때 아닌 가랑비가 내리는구나

또 한 해의 갖은 수고와 희망을 팔고

목로의 몇 잔 술에 터벅거리는 귀갓길,

또 한 해 마지막 아쉬움으로 타는

길가 이곳저곳의 들국 떨기가 젖고

슬픔 더한 외로움이 우리들 남루 속마다

먼 산의 뿌연 는개로 차오른다.

그렇구나, 일 년 열 달 삼백 날의 목 타는 허덕임으로

빚 가리고 빚 가리고 남은 빈손은

그에 죄도 없이 자꾸만 떨리고

그 노염 저녁새 되어 어둔 하늘을 잘랐다.

가랑비 또 자꾸 굵어져 마음까지 젖는데

속절없이 그래도 의지할 바는

차라리 입 다물어 버린 서로의 눈빛들과

빈 논에 언뜻거리는 낫날들의 번뜩임,

돌아간다, 천근 풀리는 다리 그예 세우며

다만 살아 있다는 자존심 하나로 허허허 웃음 짓고

알곡 귀한 우리의 텅 빈 둥지로 돌아간다.

돌아가는 길엔 저렇듯 아득히 떨리며 걸리는

끝내 눈물 보이고 돌아앉을 아내들의 등불들,
마침내 서러움의 귓갓길 비는 거세져
우리의 통곡인 양 황토 황토 적시는구나.

대숲이 부르는 소리

바람 부는 날 대숲에 들면
신음인 듯 곡성인 듯 저 소리
무엇일까, 아흐 무주고혼 끓는 소리
한 천 년쯤 숨죽여온 듯 애절한 소리
웬일들일까, 내 가슴마저 뒤집고
내 주먹일랑 부르르 떨리게 하고
들려오는 들려오는 저 수상한 소리

바람 차운 날 대숲에 들면
어쩐 일일까, 죽창 죽창 부딪는 소리
이따금 스적스적 발자국 소리도 들리고
떨리는 떨리는 내 넋 속에도 무언가
자꾸만 쑤욱쑤욱 자라게 하고
칼날 같은 창날 같은 것들의
번뜩임 소리 저 결연한 소리

바람 거센 날 대숲에 들면
청천까지, 청천까지 찌르는 소리
홀로서는 힘들다고 잎새 잎끼리 만나고

흐트러져도 어렵다고 뿌리 뿌리가 엉키고
급기야는 저 소리 한 함성 이뤄
일어서라 일어서라고 부르는 소리
일어서자 일어서자고 외치는 소리.

추석

창호지에 어리는
달빛에 몸 뒤척이다가
못내 설레는 가슴 마루 끝에 나서서
활짝 열린 사립을 넘어 보다가

미어지는 그리움
더욱 못 이겨
훤한 마당 질러 동구에 나섰다가
동구 옆 새하얀 메밀밭가를
옷고름에 눈물 적시며 마냥 서성이다가

이윽고는 타는 가슴 불나서 불나서
머언 신작로까지 나갔다가
막차도 끊긴 신작로를
열 발 높은 수숫대로 종내 목 늘이다가

끝내는 오열 솟구쳐
길섶의 씨르래기 울음으로 스러지는 마음
차운 길바닥에 퍼질러 앉아

그만 푸른 눈빛으로 우러르는 거기
부처님 닮은 어머님의 만월.

딸기빛 처녀

차암 이쁘네 딸기 따는 저 처녀
두엄 열기 후끈한 비닐하우스 속에서
하늘빛 참한 마음의 보석
고운 이마며 콧등의 땀방울로 떨구며
늙은 애비 함께 부지런한 저 처녀
어렵사리 읍내 여고를 나와
게건 고둥이건 하나같이 떠나가는
꿈 많은 서울길 몰라라 하고
그 가슴 뭉싯한 꿈일랑 소담한 딸기로 피우며
죽은 에미 대신하여 집안 꾸리는 저 처녀
하우스 밖 봄볕 눈부신 밭이랑엔
노오란 유채며 연보랏빛 장다리꽃
상그런 바람 자락 너무 좋은데
이까짓 고향 좋은 게 무어냐며
죽도록 일만 하는 곳 어찌 살 곳이냐며
미국 간 애인 따라 벌써 이민 수속을 밟아놓고
허구헌 날 무슨 영어 배운답시고
카세트 테잎과 뒹구는 옆집의 여대생보다
천 번은 더 이쁘네 딸기 따는 저 처녀

아무래도 가슴 바쳐 내 사랑

딸기빛 고운 사랑이라면

학교 갔다 코피 흘리고 돌아온 어린 막내를

씻어 주고 닦아 주고 딸기 한 웅큼 주어 달래고

새하얀 이 빛내며 웃는

옆집 건너 딸기밭집 딸기 따는 저 처녀.

흰머리

– 소쩍새 우는 사연

이녁들 밥 먹기는 쥐새끼 소금 먹듯 허는데
욱좌욱좌 칠 남매 새끼들은
집 기둥뿌리라도 빼어 먹으려 해서
흉년에 논 서 마지기 사려 말고 입 하나 덜으랬다는
어쩜 그렇게도 지당한 말씀 있어
큰놈부터 차례차례 제 옷섶만 가릴 정도면
서울이건 부산이건 짜장집이건 쇳공장이건
모조리 몇 푼 차비로 쫓아 보내고
이윽고 올해는 공고 졸업한 끝 놈까지
시원섭섭히 창원공단 취업시켜 보내고 마니
도대체 일 봐줄 손대 하나 없어
머리 희끗희끗, 허리 부러지도록 내외가
그간 새끼들이 다 들어먹고 남은 논
용수배미 서 마지기 논에
세월아 네월아 네가 그렇게 가느냐며
장님 징검다리 딛듯 어쩌다 한 번씩
뜸벙뜸벙 모를 꽂다가 모를 꽂다가
그만 식은 밥 한 덩이씩 낮참으로 삼키며
먼 하늘 한 번 보고 먼 산 한 번 보고

끝내는 목줄기 씰룩씰룩 눈두덩마저 붉히는
아랫뜸 당산나무집 남원영감 내외분
뒷산 소쩍새 울어 더욱 쓸쓸한 내외분.

빈손

- 소쩍새 우는 사연

일 년 열 달 뼈 빠지게 농사 지어
열 마지기 벼 전량 공판한 돈 240여만 원
공판장에서 조합 직원에게
봄에 빌려 썼던 영농자금 50만 원과
학자금 20만 원 떼이고,
마을에 돌아와 이장에게
비료값 10만 원 농약값 12만 원 바치고,
지지난해 도입했던 92만 원짜리 정붓소
52만 원에 팔고 빚진 돈 축협에 갚고
사료값 밀린 것 갚고,
배추 심느라 빌린 사채 80만 원
배추 한 포기 1원 시세에 빚만 져 버린 돈 갚고 나니
도대체 눈앞의 세안 양식 한 톨 없고
아니 둘째딸 맹장수술비며 경운기 값으로
동네 곗돈에서 꾼 돈은 아예 이자도 못 갚아
또다시 읍내 복리돈집 찾아가는 발길
저 비틀거리는 발길은
오호라 아랫돌 갖다 웃돌 괴고
웃돌 갖다 아랫돌 맞추는

남의 이자나 길어 주는 인생 정규성 씨지만
그래도 읍내 주막에서 동네 노인 만나
대포 한잔 톡톡히 사 드리는 정규성 씨지만.

고무신 막걸리

— 소쩍새 우는 사연

달도 밝은 대보름 저녁 회관방에서
신년도 이장을 직접 뽑는데
찬샘골 마을 저수지 막을 때
밀가루 몽땅 떼어먹었던 구 이장과
유신정치 때 통대의원하고
개혁정치 땐 면장 공작하다 떨어진 종구 씨
그리고 조강지처를 버리고도 눈 하나 깜짝없이
문중 세력을 업고 나온 허성양반이
목에 핏대를 세우며 서로 자기주장을 펼 때
마을에서 말없고 뜸쑥하기로 소문 난
항상 꾸어다놓은 보릿자루 같던 대중형님이
황소처럼 눈 꿈벅이며 부시시 일어나
옛날부터 선거 때면 구린내 나는 사람일수록
고무신 주고 막걸리 잘 주던디
우리 이젠 고무신도 막걸리도 받아 챙기되
찍을 때는 마을의 덕 쌓고 마을 위할 사람,
가령 면장 온다고 고살청소 안 시키고
군수 온다고 꽃길 조성 안 시킬 사람 뽑자고
그 어눌한 입으로 똑똑 끊어 말하고 나니

마을 사람들 한결같이 기립하여
불혹의 대중형님을 이장으로 추대하는데
투표고 자시고 할 것 없이 추대하는데
웬걸 그 사람은 깜짝 놀라 손 저으며
회관문 박차고 황황히 도망친 사람.

출자금
– 소쩍새 우는 사연

너무나 순해 빠져 물봉이라고 불리는
아랫말 추성리 금동형님은
아내의 난산 때문에 급전이 필요해
부랴부랴 농협에 대부 좀 받으러 갔다가
무슨 연대보증을 서라 어째라
아니면 담보를 잡히라며 시간만 질질 끌어
차라리 그만두고 3부이자 사채를 썼는데
어쩌자고 하곡수매 때
농협 출자금이 3만 원이나 떼인 걸 알고
그걸 항의하러 조합 찾아갔다가
조합원은 의당 출자의 의무가 있다는
조합장의 씨도 안 먹힐 소리를 듣곤
분통이 터져 분통이 터져 그만
당신들이 시방 애새끼 놓고 장난하느냐
아님 당신들이 시방 세금징수원이냐 뭐냐,
그러한 조합이 조합원에게
손톱만 한 이익 편리라도 준 게 뭐냐고
씨근덕벌떡 붉으락 푸르락 소리치다가
조합장의 빌어먹을 놈이라는 욕설 한마디에

끝내 그의 귀뺨을 찢어 버리곤
요사이 읍내 경찰서 들락거린다는데
오죽하면 오죽하면 천하에 순하던 물봉형님

주인
– 소쩍새 우는 사연

소재지 다방이며 주막이나 전전하고
무슨 당 청년당원이라고 행세깨나 하던
그래도 면내 깡패는 된다는 그가
언제부턴지 모르게 글쎄
읍내 천주교회의 농민회에 나간다더니
그날부터 바지런하고 고분고분 인사 잘하고
집안일이며 마을 일에도 앞장서는 바람에
모두들 해가 서쪽에서 뜰 일이랬는데
세상 오래 살고 볼 일이라 했는데
도대체 그게 어찌 잘못됐는지
요즈음 이장 다녀가고 조합장 다녀가고
엊그젠 지서장과 면장까지 쫓아와서
혹은 그를 달래다 혹은 그를 닦달하다
끝내는 협박하고 엄포까지 놓던 것인데
도대체 어찌된 셈인지 그럴 때마다
그 깨진 눈빛 번연히 뜨고
일하는 우리 농민이 이 땅의 주인이다
앞으론 난 다만 주인답게 살려 할 뿐이라고
목청도 당당하게 소리치는 그를 보곤

사람들 담 너머에서 혀를 차곤 했는데
사람 열 번 된다는 옛말 틀림없다고
모두들 칭찬이 자자하던 것인데.

보성댁의 여름

– 소쩍새 우는 사연

살 찔 틈 없이 살 마를 틈도 없이
닭장 밑에서 지샌 듯 새벽같이 일어나
솔가지 꺾어 밥 짓고 마당 쓸고
조반 차리기 전 빨래하고 텃밭 매고
아침은 먹는 둥 마는 둥 밭으로 나가
콩밭 깨밭 고추밭 미영밭 더터
골고지에 풀매기에 북주기에 물대기에
등짝이 죄 타도록 저 홀로 미쳐나다가
엉덩이에 불붙도록 짧아진 그림자 밟으며
풀한 짐 이고 돌아와 점심 차리고
갓난애 젖 주고 큰애는 목욕시키고
오후엔 논으로 나가 농약 치고 피사리 하고
웃논 아랫논과 물쌈 하고 물꼬 막고
논두렁 풀 베고 한 벌 두 벌 거름 주고
산그늘 내리도록 저녁별 새하얗도록
이 손이 저 손인지 저 손이 이 손인지
아 그만 세월 모르게 헤매이다가
또 풀 한 짐 이고 돌아와 저녁밥 안치고
소밥 주고 쇠똥 치우고 돼지 닭 모이 주고

사랑방의 중풍 든 노인네 똥요강도 치우고
이윽고 오밤중 밥 먹고 샘가에 나앉으면
에라 오살 높은 중동 떠난 남정네
여자 속 밴댕이 속이라 해도 좋으니
그래도 그리운 것은 이역만리 서방님네.

상사병
- 소쩍새 우는 사연

봉사 눈탱이만 한 땅일망정 제 땅 가지고
배움은 없지만 꿍꿍 일 잘하는 형님
동네의 대소사며 궂은일 날 때마다
돼지 잡고 차일 치고 뒤치다꺼리 잘하고
남에게 한 잔 얻어 마시기보다
먼저 한 잔 사는 천하 고진이 동네 형님,
그러나 서른 여섯토록 짝을 못 맞춰
그의 칠순 모친 애간장을 다 태우는데
그렇다고 무슨 팔병신도 팔푼이도 아닌데
사람 너무 좋아서인지 늘상 싱글거려서인지
벌써 맞선만 해도 삼세번에 또 한 번,
한 번은 친구 따라 읍내 다방에 갔는데
거기 레지 하나가 어깨 주물러 주는 바람에
그만 장가 밑천으로 키우던 소 냅다 팔아
매일처럼 그 다방에 출근하다시피 하더니
풀 베는 것도 농약 치는 것도 잊고
온통 여름 석 달을 발 닳도록 쫓아다니더니
마침내 여름 가고 가을 오는 어느 날
그녀가 돈만 떼먹고 그만 떠나 버렸다고

환장할 정만 남기고 몰래 떠나 버렸다고
코 빠치고 돌아와 식음을 끊더니
돌연 농사꾼하고 짝하면 무슨 씹두덩이 붓냐고
두 눈에 쌍불 켜고 천정 노하던 형님.

똥값
– 소쩍새 우는 사연

죽 쑤어 개나 주지 개나 주지

작년엔 딸기 심어

잦은 봄비로 망쳤더니

올해는 그중 낫다는 마늘 심어

과잉 생산으로 망치고 수입 마늘로 망쳤다고

홧김에 주막 들른 삼지리 허열 씨는

천재 피하니 인재 온다는 말

그것 하나 틀린 말 아니라고 울더니

마늘 한 차 내간 돈 90만 원 꺼내놓고

종자값 60만 원 비료값 10만 원 어쩌고

손끝에 침 발라가며 계산 트다가

글쎄 한 접 8천 원 하던 마늘이

웬일로 올해는 2천 5백 원도 못 하느냐고

뻔한 소리 자꾸만 주절대더니

다시 대포 한 잔 꿀떡꿀떡 삼키고

매운 마늘 한 쪽 응당 씹어 삼키고

오월 푸르른 들판이며 하늘이

왜 저리 미쳐 푸른지 알겠다고

이래도 못 살고 저래도 못 사는

우리 설운 농부들 푸른 눈빛 때문이 아니냐고
종일 내내 주막에서 설치더니
이대로는 안 된다고 술탁 팡팡 치더니.

대숲 울음
− 소쩍새 우는 사연

밥만 보면 신경이 날 서고
그나마 몇 술 넘기면 통증이 극심하여
에라 큰맘 먹고 사채 10만 원 빚내 들고
광주 대학병원 가서 내시경 들여다보니
아뿔사 위종양으로 판명난 대밭집 곡성댁,
수술이라도 해야 살까 말까 한다는데
만에 2백자가 넘는 돈이 어디 있노
뒷집 군청에 다니는 천석꾼 병식이는
병원도 공짜로 잘 다니더만
논 닷 마지기 있다고 영세민 의료카드도 안 해 주고
자식들이야 녹두밭 웃머리의 쇤 콩대 같은 놈들이라
결국 물 한 모금 못 넘기고 날짜만 기다리는데
내사 육십토록 육십 나이토록
고기 비린내 한번 원 없이 못 맡고
쓰린 속 한번 터질 듯 못 채우고 가니
다만 못난 영감이 미울 뿐이라고
그러나 논 닷 마지기는 결코 팔지 말라고
팔아선 남은 어린 것 둘 못 키운다고
끝내 삼천리나 꺼진 눈 멀겋게 뜨고

그 속에 눈물 그렁그렁 가득히 채우고
어서 빨리 저승사자나 오시라는 고성댁
다만 수술이라도 해야 살까 말까 한다는데
뒷문 밖 대숲 울음은 천정부지로 노여운데

설움에 대하여

– 어머니

적으나 많으나
한솥밥 먹던 자식들
혹은 제 잘난 생각 따라
혹은 제 양 적어 싸우는 나날이 싫어
사방으로 뿔뿔이 흩어지고
그 한솥밥 삶던 검은 가마솥
시방은 새암가에 나앉아
말간 뜨물이나 받고 빗물이나 받고
밤이면 그 위에 별빛이나 띄우는
그 녹슨 가마솥을 보고
먼 산으로 고개 드는 늙은 여인을 보았다.

지붕 위에 박꽃이 하얗게 벙근
추석이 가까워지는 지난밤.

빛의 연못을 가로지르는 고독한 산책자

신철규 시인

　전라남도 담양은 광주의 동북쪽에 위치해 있다. 서쪽에는 장성군이 있고 오른쪽으로는 순창이 있다. 북광주 IC를 빠져나와 담양읍에 들어가기 전에 있는 수북면이 고재종 시인이 태어난 고향이며 지금까지 거처하고 있는 곳이다. 담양은 한때 가로수로 대나무를 심었을 정도로 대나무가 많은 고장이다. 푸른 대밭이 너르게 펼쳐진 곳이 곳곳에 눈에 띄었다. 사진작가와 함께 마을의 초입에 들어섰을 때 맞닥뜨린 인상은 참 살기 좋은 곳이라는 것이었다. 흔히 명당이라고 일컬어지는 입지 조건을 잘 갖추고 있었다. 뒤로는 가파르게 솟아오른 삼인산三人山과 병풍산이 너른 병풍으로 서 있었지만 마을이 시작되는 지점은 안온한 평지에 자리 잡고 있었고 봄 햇살을 포근하게 안고 있었다. 궁산리弓山里라는 지명은 활 모양을 한 뒷산의 능선에서 유래한 것으로 보인다. 주소만 보고 한적한 시골을 상상했었지만 마을 초입부터 꽤 큰 농산물 마트와 대형 식당들이 눈에 띄었다. 시인의 설명에 따르면, 2010년대 중반부터 광주 사람들이 새로 난 고속화국도를 타고 몰려오면서 주말이면 나들이객으로 혼잡스럽다고 한다.

시인은 전라남도 담양군 수북면 궁산리 163번지(현 수북면 구암길 7-8)에서 태어났다. 태어나고 자란 그 집을 지금은 독서당이자 집필실로 쓰고 있었다. 시인의 집은 마당까지 포함해서 100평 남짓해 보였다. 섬돌 구실을 하는 나무로 된 덱에는 점박이 고양이 여러 마리가 누워서 우리를 바라보았다. 독서당은 좌우가 뒤집힌 ㄱ자 모양을 하고 있는데 별채로 쓰는 왼쪽 방은 시집을 비롯한 문학책이, 가운데 자리 잡은 본채는 인문학 및 예술 관련 서적으로 빼곡했다. 시인은 안경을 쓰고 독서등을 켠 채 책을 읽다가 우리를 맞았다. 왜소한 체구에도 날카로운 눈매와 다부진 입매가 눈에 들어왔다. 그는 당뇨 때문에 몸이 처진다고 했다. 하지만 시인의 삶이 거쳐 간 공간을 다니면서 과거의 이야기를 재미있게 풀어낼 때는 눈에 장난기가 가득해지면서 개구쟁이 같은 얼굴이 되기도 했다.

시인은 아버지 장흥인長興人 고광득과 어머니 진주강씨晉州姜氏 말례 사이 9남매 중 차남이다. 임진왜란 때 의병장이었던 제봉 고경명과 그의 둘째 아들 의열공 고인후의 가문이었으나, 일제 강점기 때 오랜 유랑 생활 끝에 32살에야 무일푼으로 돌아온 아버지의 가계에서 오로지 죽세공 일 하나로 연명하느라 혹독한 가난을 치렀다.

첫 시집 『바람 부는 솔숲에 사랑은 머물고』에 실린 약력은 다음과 같다. "1957년 전남 담양 출생. 1976년 담양농업고등학교 중퇴. 현재 고향에서 농사지으며 대바구니 엮는 일을 함. 전남 담양군 수북면 궁산리 163번지." 그 당시에 출판사와 의논하여 이런 약력을 썼지만 고등학교 중퇴 학력인데도 그것을 숨기지 않고 드러낸 것은 그만큼 자신이 문학을 독학하고 삶에서 시를 길러냈다는 자신감의 표현이라는 생각이 들었다. 그는 실제로 문학 공부를 체계적으로 한 적이 없다.

초등학교 때부터 그는 신동 소리를 들을 정도로 영민했다. 가난한 집안 환경에도 불구하고 학년에서 1, 2등을 다투면서 학업을 착실하게 쌓아나갔다. 같이 초등학교를 졸업한 많은 친구들이 그 당시 읍내에 있는 담양중학교로 진학했지만 시인은 학비가 없어서 그러지 못한다. 광주 목재소에서 일을 하다가 힘들고 공부를 하고 싶어서 광주에서 담양까지 걸어서 도망쳐 나온다. 그는 집에서 대바구니 일을 해서 1년 정도 학비를 모았다. 담양중학교에 입학하려 했지만 마침 면소재지에 수북중학교가 생겨 1회 졸업생이 된다. 3월 5일이 정식 개학일인데 학비가 덜 모여서 2주나 뒤늦게 입학한다. 학교 건물도 제대로 세워지지 않은 상태여서 오전에는 수업을 듣고 오후에는 운동장에서 자갈을 주워내는 등 학교 정비 일로 시간을 보낸다. 뒤늦게 입학해 출석부에 제대로 기입되지도 않은 학생이라 제대로 눈여겨보지도 않은 학생이었던 그가 첫 월말고사에서 뛰어난 성적을 거둔다. 그 후부터 담임선생님을 비롯한 선생님들의 보는 눈이 달라지고 대우도 좋아졌다. 그는 장학금을 받으면서 학비 걱정을 하지 않게 된다. 광주의 일급 학교에 진학할 목표로 진학 공부에 매진하던 그는 1974년부터 시행된 고교 평준화 정책에 발목을 잡힌다. 그는 고향 마을에서 통학이 불가능한 학교에 배정되어 진학을 포기하고 검정고시나 볼 작정을 하게 된다. 개학 시기가 지나가고 한 달 정도를 낙담한 상태로 집이 있었는데 중학교 수학 선생님께서 집에 찾아오셔서 담양 읍내에 있는 농업고등학교에 학비뿐만 아니라 장학금까지 다 마련해두었으니 입학만 하라는 권고를 받는다. 그는 축산과에 입학하게 되고 장학금으로 송아지 한 마리를 받는다. 그는 별로 내키지 않는 실업계학교 수업에 소홀한 채 수업 시간에 카프카의 『변신』, 존 스타인벡의 『분노의 포도』, 스탕달의 『적과 흑』 등 서양 고전 소설책을 내리 읽는다. 그 탓에 인문계 과목은 출중한 성적을 받았지만 축산과 수업은 제대로 된 성적을 받지 못한다.

그가 문학에 관심을 가지게 된 결정적인 사건이 중학교 2학년 때 일어난다. 1973년 〈광주일보〉에서 실시한 호남예술제에서 「새마을 길」이란 산문으로 대상을 타게 되었고 지역 신문에도 크게 실렸다.

중학교 대표로 글짓기 대회를 나갔는데 대상을 받은 거지. 그런데 그것을 같은 반 친구의 누나가 본 모양이야. 그 당시만 해도 시골의 일반 가정에서 신문을 받아 보는 곳이 거의 없었어. 아마 이장집이어서 신문을 받아 봤던가 봐. 그것을 본 문학소녀였던 그 누나가 친구 편으로 나를 집으로 초대해서 그 집에 갔지. 글을 써서 상 받은 것을 누군가 알아준다니 신기했어. 그 집에 갔더니 누나가 책상 의자에 앉아 있고 손님 대접으로 제과점에서 산 빵과 칠성사이다 한 병을 소반에 내오는 거였어. 당시 시골에선 접해 볼 수 없는 진귀한 다과였지. 칠성사이다 한 병을 열 명의 친구가 나눠 먹던 시절이니까. 이상하게 그 앞에 있으니 무릎이 꿇어지더라고. 내가 범접할 수 없는 세계에 와 있는 듯했어. 빵을 먹으면서 앉아 있는데 대뜸 누나가 말하는 거야. 누나는 남청색 교복에 머리를 양 갈래를 땋아 내린 뽀얀 백합 같은 얼굴을 하고서 "재종이는 장래 소설가가 되는 게 꿈이라니 참 좋겠다." 하고 말이야. 그때까지 정말 그런 생각을 해 본 적도 없었고, 내 꿈은 법관이 되거나 은행원이 되는 것이었지. 나는 누나 말에 아무 대꾸도 못 했고, 다만 그때부터 내 꿈을 소설가로 정해버렸지. 그 누나가 나에게는 천국으로 가는 문으로 보였으니까.

그에게 문학은 평생 걷게 되는 형벌이자 행복의 길이기도 했다. 그는 결국 농업고등학교 축산과 1학년을 중퇴하면서 제도권 교육을 마감하고 긴 방황과 좌절의 시기를 보낸다. 입시 공부를 핑계로 1979년 말까지 서울살이도 했다.

270

그는 문학을 독학했다. 독학이란 무엇인가. 일차적인 뜻으로는 형편이 좋지 않아 제도권 교육이나 사교육의 힘을 빌리지 않고 스스로 공부하고 깨우치는 것이겠지만, 그보다는 다른 사람의 해석에 의존하지 않으면서 책 속의 진리를 스스로 탐구하고 해석하는 능력을 기르는 것이다. 그것은 한편으로는 책 바깥의 현실을 책을 통해 이해하는 오류의 굴레에 빠지거나 '자기'라는 고독한 성에 의식을 유폐할 위험 또한 없지 않다. 그 무렵 그는 지독한 허무주의에 빠지기도 했다. 신과 실존에 대한 질문으로 자신을 옥죄었다. "나의 스무 살 무렵은 한마디로 낙담과 실의의 시절이었다."(131쪽)[1] 토마스 하디의 『비운의 주드』의 주인공처럼 그는 삶이 이미 결정되어 있으며 죽음이라는 단 하나의 종착역으로 끌려가는 비극적 운명에서 벗어날 수 없다는 부조리에서 벗어나지 못했다. 하지만 20대 중반이 되어서야 조금씩 내가 아는 것만이 옳고 내가 더 많이 안다는 오만과 자기 답습 또는 자가 반복에서 벗어나기 시작한다. 그것은 책을 통한 지식과 몸으로 부딪친 현실의 거리 또는 괴리를 인식했기 때문이다. "나는 독학하던 당시 많은 독서로 형이상학의 미로를 헤매고 있었는데, 그토록 도도한 존재의 본질에 대한 탐구는 항상 죽음의 한계 상황에 처하는 인간의 허무한 모습이나 혹은 신을 만나지 못해 허덕이는 처지의 관념으로 귀착되곤 하였다. 결국 현실적으로는

---

[1] 고재종, 『감탄과 연민』(문학들, 2021). 이하 이 산문집에서 인용된 것들은 본문에 쪽수만 표기한다.

독립적 인간이 되고, 형이상학적으로는 관념의 실제적 점검을 해볼 수 있는 일이 뭘까 하는 고민이 귀향과 함께 농사를 선택하게 하였다. 물론 부모님의 격렬한 반대를 무릅쓸 수밖에 없는 결정이었다."(188~189쪽)

그는 문학으로 인도한 친구 누나의 권유로 중학교 때부터 교회를 열심히 다니고 교리 공부에도 열성을 다했는데, 사실은 그 누나와 함께 교회를 오가는 길이 '천국' 같았기 때문이다. 나중 청년 시절엔 수요일에 본인이 설교를 맡아서 할 정도로 열성이었지만, 그 반대편엔 늘 가난과 악다구니로 들끓는 '지옥' 같은 집이 있었다. 고등학교 1학년을 마칠 무렵 누나가 취업 때문에 서울로 떠나가 버린 뒤 다시 삶의 의미를 잃어버리고 그는 종교적 회의에 깊이 빠졌으며 신과 싸웠다. 그는 부흥회에 가서 성령을 받으려고 노력했다. 1,000명이 넘는 사람들로 가득한 기도원에서 그만 유독 성령을 받지 못했다. 목사의 호령에 따라 사람들이 성령을 받고 뒤로 넘어가는데 자신만은 넘어가지 않았다. 성령을 받지 못한(또는 받은 것처럼 행동하지 않는) 그의 등을 목사가 수차례 때렸는데도 그는 꿈쩍도 하지 않았다. 그는 기도원 뒤쪽에 있는 산 능선에 있는 소나무 앞에서 방석을 깔고 앉아서 더욱 기도를 해 보았지만 끝내 신은 화답하지 않았다. 그는 신의 무심함과 응답 없음에 절망했다. 그러고 나서 그는 신과 결별했다.

면소재지에 있는 대형 식당에서 불고기로 식사를 하고 수북초등학교와 중학교를 둘러본 뒤 수북천 너머에 있는 메타세쿼이아

길에 갔다. 담양과 순창을 잇는 시오리 길 변에 1,000여 그루의 메테세쿼이아가 늘어선 길은 장관이었다. 하늘로 쭉 뻗어 올라간 메타세쿼이아 나무가 끝없이 이어져 있었다. 우리는 메타세쿼이아 길옆에 조성된 상업 지구에 들러 평일이라 한적한 카페에 들어가 초봄의 이른 더위를 식혔다. 시원한 차를 마시면서 그에게 고향으로서의 담양은 어떻게 다가오는지 여쭤보았다.

잘살고 풍족한 생활을 누렸던 사람에게나 고향이 아름답지 나처럼 어렵게 산 사람은 지긋지긋함이 밀려와. 갈 데가 없으니까 여기에 있는 것일 수도 있어. 서울에서 자라거나 청소년기의 절망적 상황만 없었으면 워낙 내성적이고 착한 성격이었기에 공무원 시험 같은 것을 보지 않았을까도 싶어. 하지만 연애와 술로 인한 청년기의 방황이 있었기에 오늘까지 계속 시를 써오고 있는 거겠지.

그에게는 자신의 뜻을 제대로 펼치지 못하게 가로막은 가난과 불우했던 어린 시절에 대한 기억이 여전히 쓰리게 남아 있는 것 같았다. 그의 첫 시집에는 몰락해가는 시골 공동체의 풍경이 오롯하게 담겨 있는데, 사람이 살 만한 세상이 도래하리라는 희망과 더 나은 삶, 덜 힘든 노동을 찾아 도회로 떠난 사람들에 대한 그리움과 함께 핍박한 현실에서 주는 압박에 대한 노여움과 분노 또한 없지 않다. 그것은 어쩌면 정말로 농사를 짓고 살아야 했던 사람들의 솔직한 내면일 것이다. 등단 과정과 그 이후의 시작에 대해서도 여쭤보았다.

　1984년 방위 복무를 마치고 부산으로 간다. 부산에 있는 여동생이 원래는 양장점 시다를 했는데 그때쯤엔 수선 가게를 차렸었다. 그는 여동생 집에 기거하면서 또다시 방황의 시기를 보낸다. 할 일이 없어 낮이면 광안리 해수욕장에 나가 술을 마시거나 서면의 영광도서에 들락거리면서 소설책을 읽었다. 실제로 방위 복무 시절에 습작한 장편소설이 책 분량으로 서너 권은 되었다고 한다. 그러던 어느 날 영광도서에서 우연히 창비판 시집 두 권을 보게 되었는데 이를 계기로 일주일 만에 20여 편의 시를 써서 『실천문학』에 보낸다. 그는 그전까지 시 공부를 따로 하지는 않았지만 그 시집에 실린 시의 내용은 바로 자신이 자라고 살아낸 삶과 크게 다르지 않았기에 시를 쓰는 것이 어렵지 않았다고 한다. 그의 시가 농촌의 생활을 핍진하게 담아내기 시작한 것은 삶의 현장에서 우러나온 것이었기 때문이다. 그중 「동구 밖 집 열두 식구」 등 7편이 소설가 송기원 선생의 추천으로 실천문학 신작 시집 『시여 무기여』에 실리게 된다. 그는 이듬해 담양으로 다시 들어온다. 취직하기에는 건강과 학력이 따르지 못하고, 새로 공부를 시작하기에는 늦은 나이여서 아버지와의 갈등을 감내하면서 농사를 짓기 시작한다. 어렸을 때 도회로 간 여동생들이 힘겹게 모은 돈으로 '못난' 아버지를 위해 마련해준 전답을 일구어나간다. 그의 말에 따르면, 그 이후 "회색빛 유령의 삶에서 피와 살이 도는 현실로 내려왔다."(72쪽)

『시여 무기여』가 나온 뒤 채 보름도 안 되어 1985년 『창작과 비평』에서 시를 청탁받아서 원고를 보냈는데 시가 실리지 않은 대신 원고료와 함께 이시영 시인으로부터 짤막한 서신을 받는다. "삶의 진정성으로 밀어붙인 등단작의 신선함에 못 미친, 표현의 진부함과 생경함 그리고 울분 어린 목청뿐이어서 다음 기회를 보자는 내용의 편지였다."(175쪽) 자신이 겪지도 않은 5월 광주 등의 이야기보다는 자신의 삶과 생활에 천착한 시를 써 보라는 권고였다. 그는 이때부터 시 공부를 본격적으로 하고자 한번에 20~30편의 시를 대학노트에 써서 이시영 선생께 보내고 또 답을 받기를 2년 여간 계속했다. 그의 내면에 축적된 농촌의 삶과 생활을 서사적 성격을 띤 시적 형식으로 전환하는 것은 어렵지 않았다. 고향 사람들을 전형으로 생생하게 재현하는 이야기시들. 그때는 시에 미쳐서, 물 만난 제비처럼 한 달에 20~30편도 너끈히 썼다. 그의 시세계는 신경림의 『농무』와 직접적으로 닿아 있지만 그는 첫 시집이 나오기 전까지 신경림 시를 읽은 적이 없었다. 다른 시집들도 마찬가지였다. 농사지어서 겨우 생계를 이어나가는 형편에 시집을 사서 읽는 것은 사치에 가까웠기 때문이다. 이시영 선생이 좋게 본 작품과 그렇지 않은 작품을 표시해서 그에게 돌려주면 그것을 보고 주제의 진정성, 긴장과 절제를 통한 시의 완성과 형식적 틀에 대한 감각을 익혔다. 그는 좋은 시라고 생각되는 시들을 대부분 지면에 발표했고 그렇게 발표된 작품을 모으니 100편에 가까웠다.

　그러한 수업 시대를 거칠 때 가장 기억에 남는 일은 이시영 선

생이 세필細筆로 베껴서 보내준 백석의 시「주막」이었다. 그 당시
만 해도 백석의 작품은 해금되기 전이어서 시중에서는 구할 수
도 없었고 볼 수도 없었다. 시인은 그 작품에 충격을 받는다. 짧
은 시 형식에 풍부하게 삶의 내력을 담아내는 솜씨가 일품이었
기 때문이다.

1987년 첫 시집『바람 부는 솔숲에 사랑은 머물고』(실천문학
사)를 간행하게 된다. 이 시집으로 그는 밖으로부터 '농민 시인'
이라는 직함을 얻는다. 이 시집에서 시인은 농촌의 사실적인 풍
경을 직접 농사를 지은 사람의 생생한 육성으로 담아낸다.

그의 시적 이데올로기는 그 당시 활발하게 펼쳐지던 민중문학
담론과는 거리가 있다. 그는 오히려 사상적 세례를 민중 신학이
나 해방 신학으로부터 받게 된다. 그는 농사를 지으면서도 한때
그만두었던 교회를 다시 다녔는데, 거기서 안병무 선생의『해방
자 예수』나 서남동 교수의『민중신학의 탐구』등을 읽고 민중의
개념을 체득하게 된다.

플라스틱 제품이 상용화되기 전, 그러니까 1980년대까지만
해도 집안의 소도구들은 대나무로 만들어진 것이 많았다. 예전
의 국수거리 옆에 죽물竹物 시장이 있었다. 2일과 7일 열리는 오
일장에 담양의 곳곳에서 만들어진 대바구니가 산을 이룰 정도
로 시장에 나왔다. 그러면 도매상인들이 그것을 사서 전국에 갖
다 팔았다. 기차로 트럭으로 대바구니를 서울로 실어 나르면 먼
저 간 동네 아낙들이 봉놋방 하나를 잡아놓고 기다리다가 그것

을 넘겨받아서 머리에 이고 나가 집집마다 다니면서 팔았다. 대바구니를 판 돈으로 자식들을 공부시키고 살림을 지탱했다. 시인에 따르면, 담양이 대나무가 잘 자라는 수목한계선이라고 한다. 담양 위로 올라가면 대나무가 잘 자라지 않을뿐더러 질도 나빠진다고 했다. 속이 무른 중국 대나무와 달리 담양 대나무는 속질이 단단하다. 1990년대부터 대바구니 산업은 사양길에 접어든다. 이제는 대자리나 대나무로 된 의자를 만드는 정도에 그친다.

대바구니 만드는 일은 여간 힘든 것이 아니다. 대를 자르거나 쪼개다가 베이는 것은 일쑤고 단단한 대를 구부리거나 힘주어 밀어 넣는 작업이 많다 보니 손가락 관절이 붓는 경우가 많다. 그는 대바구니 만드는 일을 첫 시집이 나오는 1987년까지 했다. 대바구니 만드는 일은 일 년 내내 하는 일이었지만 겨울은 특히 더 힘들었다. "한겨울에 눈 내리는 마당에 나가 대를 쪼개는데 손이 어찌나 시렵던지. 모닥불을 피워도 손이 곱아들고 손바닥이 쩍쩍 갈라지는 것 같았지."

농민시인으로 문명을 얻기는 했지만 그는 여전히 카프카와 카뮈 같은 실존주의 계열의 작품들에 빠져 있었고 김승옥 소설들을 탐닉했다. 농민들의 삶을 그려내는 작품들로 성과를 올리기는 했지만 그마저도 한계에 이르렀다는 자각이 들기 시작했다. 그가 읽는 세계와 쓰는 세계 사이에는 괴리가 있었다. 하지만 농민시 또는 농민 시인의 세계를 쉽게 포기할 수는 없었다. 다른 세계로 넘어가기에는 자신이 이루어놓은 바탕이 굳건하게 다져져 있기에 선뜻 모험을 감행하기 어려웠다. 이시영 시인께서 말

씁하신 자신이 잘 아는 주변 생활을 쓰는 데 집중할 수밖에 없다. 직접 농사를 지으면서 농민 운동에 헌신한 경험을 시로 녹여내는 데 매진했다. 1992년 제3시집 『사람의 등불』(실천문학사)를 펴내고 신동엽창작기금을 수여하기도 하면서 시인으로서의 위상을 다지기도 하지만 이때부터 간염을 앓게 되어 이후 10여 년간 긴 투병 생활을 했다.

1995년 제4시집 『날랜 사랑』(창작과비평사)을 간행하였다. 간염 악화로 더 이상 농사를 지을 수 없어서 가족과 함께 광주 시내로 이주한다. 고된 노동을 버틸 수 없는 몸이 되어서 더 이상 농사를 지을 수 없었기 때문이다. 그는 간염으로 7년을 고생하면서 녹즙과 붕어즙을 장복하면서 건강을 조금씩 회복한다. 그는 이때부터 광주 가톨릭센터와 대학의 평생교육원 등에서 시를 가르치는 일을 직업으로 삼게 된다. 그때 함께 배웠던 시인들이 동인을 꾸려서 그 후에도 오래 시를 사숙한다. 농사를 지으면서는 밤에 짬을 내서 힘겹게 쓰거나 농사일이 한가한 겨울에만 쓸 수 있었는데 안정된 공간에서 시를 쓰게 되면서 시작에 속도가 붙는다. 그는 이후 3년 정도 터울을 두고 꾸준히 시집을 펴낸다. 『날랜 사랑』 이후의 시들에는 자연과의 그윽한 만남을 관조하는 시선, 그리고 생명과 살아 있음에 대한 찬가가 두드러진다. 그가 다섯 번째 시집부터 생태 문제로 넘어가게 된 것은 지극히 현실적인 선택이었다. 그는 동양적 자연관에서 생태 문제의 근본을 찾아낸다. 그가 최근에 쓴 「독각」 연작은 동양적 정신의 세계에 가닿는다. 생태는 따로 발명해야 할 것이 아니라 이미 자연 속에 내재하는 것이었다. 『장자』의 「제물론」 편 "천지는 나와 생존을 같이하고 만물은 나의 한 몸이다(天地與我并生 萬物與我爲一)." 그의 시에 우주적인 사유와 감각이 들어앉게 되는 것은 동양적인 자연 이해가 있었기 때문이다.

　누구보다 부지런하게 또 열정적으로 시작을 하던 그가 오래 시집을 못 낸 시기가 있다. 바로 2004년 제7시집 『쪽빛 문장』(문학사상사)을 간행하고 나서다. 집안 식구 중 하나가 난치병에 걸리면서 이로부터 촉발된 어두운 실존의식과 그로 인한 고통이 재개되어 이후 13년 동안 시집을 내지 않았다. 정신적 고통을 달래기 위해 다시 술에 의존하기 시작하지만 그 사이에 아무것도 하지 않은 것은 아니다. 『문학들』 창간에 참여해 초대 편집주간을 맡았고 2006년부터는 담양문화원 경영에 참여했다. 2013년까지 1,200쪽이 넘는 향토문화연구서를 기획·발간하고, 『담양의 누정기행』, 『담양의 가사기행』, 『담양방언사전』, 『면앙정 삼십영』 등을 편찬한다. 또한 2008년 광주전남작가회의 회장 취임 후 2010년까지 역임하면서 '문학과 예술', '문학과 철학' 등 인문학 포럼을 열었고 한국 시단의 핵심 시인들을 광주로 초청하여 교류했다. 생활의 어려움이 닥친 시기를 그는 창작 외의 일로 버텨낸 듯하다.

　2017년 13년 만에 제8시집 『꽃의 권력』(문학수첩)을 간행한다. 이 시집에서 시인은 자신의 삶의 내력을 정리하고 현재의 삶에 충실한 시선을 다시 획득한다. 「구도자」에서는 나무에 관념적 은

유를 덧씌우지 않는 사물 그 자체의 자존을 통찰하는 시선이 담겨 있으며, 『꽃의 권력』에서는 편견에 물들지 않는 자연 그 자체의 힘을 지각하는 감각적 쇄신을 일구어낸다. 시인은 『꽃의 권력』 이후 다분히 존재론적 사유에 침잠한다.

그에게, 시력 40년에 시집을 열 권 내셨는데 아픈 손가락 같은 시집이 있냐고 여쭤봤더니 시인은 『앞강도 야위는 그리움』(문학동네, 1997)을 꼽았다. 자신이 좋아하고 내세울 만한 작품이라고 생각하는 「앞강도 야위는 그리움」, 「그 희고 둥근 세계」, 「들길에서 마을로」 같은 시들이 실려 있는데, 3쇄를 찍은 뒤 절판되어 아쉽다고 한다. 「들길에서 마을로」에는 만물이 서로를 북돋으면서 서로 잦아드는 만물조응의 세계를 그려내고, 「그 희고 둥근 세계」에는 생명의 시원에 대한 경원과 환희를 질박하게 드러내며, 「앞강도 야위는 그리움」에서는 날로 쇠잔해가는 자연에서 면면히 흐르는 희망을 읽어낸다. 평론가 이숭원은 이 시집에서 '면면하고 환한 생명의 자리'를 읽어내면서 고재종 시의 아름다움과 진실됨을 높이 평가한다.

우리는 카페에서 나와 소쇄원으로 가는 길에 올랐다. 소쇄원에 다 와갈 즈음 국도 오른편으로 광주댐과 생태공원이 눈에 들어왔다. 아주 오래전에 지은 댐이라 인위적이라는 느낌은 가시고 상당히 평온한 느낌을 주었다. 소쇄원은 생태공원 주차장에서 멀지 않았다. 양옆에 10미터는 족히 되는 대나무밭을 끼고 올라가는 소로를 따라가면 안온하게 자리 잡은 소쇄원이 있다. 외나무다리를 건너 제월당霽月堂에 가서 거기서 개울물 소리를 들으며 반대편을 바라보았다. 낮은 담장과 굽은 나무 몇 그루가 눈에 들어오고 그 뒤로 쭉 뻗은 대나무들이 병풍처럼 그것을 감싸 안고 있었다. 하지만 인공적으로 다듬은 흔적이 많이 있어 그윽한 맛은 크게 들지 않았다.

1980년대 초반 소쇄원에 들어간 적이 있다. 공부를 하기 위해서였다. 친구의 소개로 찾아간 소쇄원은 을씨년스러웠다. 광풍각의 문짝들은 뜯겨져 바람이 펄럭이고 있었고 곳곳에 거미줄이 쳐 있었다. 버너와 코펠 등 살림살이를 지고 오래 머물 생각으로 들어왔지만 그는 하룻밤도 자지 못하고 줄행랑을 쳤다.

그에게 눈앞에 놓인 계획이 있는지 여쭤보았다. 지금까지 시선집이 한 권도 없었기에 시세계 전체를 관류하고 조망하는 시선집을 조만간 출간할 예정이다. 그 후 어떤 세계로 나아갈지는 미지수이지만 불교적 사유로 바라본 존재론적 고찰이 담길 것이라고 조심스럽게 예측했다.

그는 평생 세 권의 소설을 쓰려고 노력했고 자료 조사도 해두었지만 본격적으로 실행하지는 못했다. 괴테의 『빌헬름 마이스터의 수업 시대』, 토마스 만의 『마의 산』 같은 성장 소설 또는 교양 소설, 토마스 하디의 『비운의 주드(이름 없는 주드)』나 스탕달의 『적과 흑』 같은 사회사가 담긴 연애 소설, 1960~1970년대 농촌 농민의 삶과 생활을 사실적으로 담아낸 농촌 소설. 그는 역사의 추동하는 힘이 민중에 있다는 것을 부정하지는 않지만 그것을 긍정적인 희망의 서사로 받아들이지는 않는다. 왜냐하면 역사의 변혁이 일어난다고 하더라도 민중의 삶은 그렇게 나아지지 않은 것을 눈으로 보았고, 자신 또한 언제나 혁명의 주변부에만 머무를 수밖에 없었기 때문이다.

그는 당뇨병 때문에 상당히 절제된 생활을 한다. 식단 조절뿐만 아니라 피로가 누적되면 몸에 급격하게 기운이 빠지기 때문에 무리하지 않는다. 또한 발 같은 경우는 조그만 상처만 나도 악화되기 때문에 조심해야만 한다. 거의 매일 조금씩이라도 해야 하는 운동이 지옥의 일로 생각될 때가 있어서 힘들기도 하다.

그는 책을 읽는 기쁨을 여전히 놓치지 않고 있다. 하루 일과의 시작이 인터넷 서점 '알라딘'에 들어가서 신간을 훑어보는 것이다. 그는 요즘에도 한 달에 20여 권의 신간을 사서 읽는다고 한다. 요즈음엔 불경 공부에 빠져 있다. 불교는 자기 깨달음이라고 역설한다. 불교 관련 책만 500권이 넘는데 불교 공부와 사유를 담아서 묶어낸 책이 『시를 읊다, 미소를 짓다』이다. 아직까지 그의 시에는 불교적인 사유를 담고 있거나 선시라고 할 만한 작품은 없으나 다음 시집에는 그런 시들도 담길 것이라고 예상하고 있다.

최근에 나온 『독각』은 자신의 사상이나 사유를 담아낸 시집이라는 점에서 시인에게 특별하다. 등단 40년을 스스로 기념하는 것이면서 열 번째 시집이어서 한 세계를 정리하는 느낌이 강하다고 했다. 이 시집의 핵심어를 꼽는다면 자존自存과 독락獨樂일 것이다. 시집『독각』은 촘촘한 밀도를 가진 언어의 집중과 무게감이 돋보이는 시집이다. 혼자서만 할 수 있는, 혼자여야만 얻을 수 있는 축복이 '고요'와 '침묵'일 것이다. 시인은 조금은 물러난 자리에서, 심지어 자기에게도 물러난 자리에서 소란스러운 침묵과 환한 고요에 맞닥뜨린다. '혼자 있는 시간'은 시간을 잊게 하면서 오히려 시간이 넓어지는 때이며, 그렇기 때문에 혼자를 넘는 시간이기도 하다. 그것은 초월이 아니라 포월이다. 그의 눈과 귀에 들어오는 것은 강, 새, 나무, 풀, 풀벌레, 고양이, 나비와 같은 흔한 자연물의 생동이다. 그것들은 '단순한 눈부심'과 '고요한 찬란함'으로 그윽하게 빛난다. "바깥을 닫아 건 고요와 나의 내부를 들여다보는 침묵이, 마주 앉은 시간의 창에 어른거린다."(「댓잎 귀신들이 수묵을 친다 ─ 혼자 넘는 시간 4」) 그것들이 곁에 있으면서 어른거리는 '존재의 말'을 풀어내고 시인에게 스며든다. 그것들에게 가닿았지만 머물지 못하는 아슬아슬한 경계가 언어에 긴장을 부여한다. '마음의 덫'을 벗어버린, 삶과 죽음이 만나고 교차하는 자리에 '사리'처럼 박혀 있는 사유들은 묵묵하고 그것을 바라보는 시선은 처연하다. 그는 이 시집으로 조태일문학상과 송순문학상을 수상한다.

송순의 『면앙정가』는 사계절의 변화에 따른 면앙정 주변 풍경의 다기한 면모를 감각적으로 포착하면서 강호의 한가로운 삶에서 피어나는 은일의 자세를 드러낸다. 우리말의 리듬과 비유적 표현을 한층 끌어올린 이 가사는 이후 가사문학의 원류가 된다. 또한 면앙정의 한시는 민중의 삶의 형상을 사실적으로 그려내면서 폭정에 저항하는 비판적 정신을 담아낸다. 송순은 세류에 휩쓸리지 않으면서 고고하고 떳떳한 삶을 살았다. 고재종 시인이 살아온 삶과 써온 시들이 그와 같지 않을까 생각한다.

시인은 면앙정의 뜻을 이렇게 풀어낸다. "하늘을 우러르고 땅을 굽어보아 양심을 살피는 독신의 집."(167쪽) 정자는 풍경을 정복하듯이 뻗어나가는 시선이 아니라 풍경을 안으로 모아들이는 내적 포용의 시선을 가능하게 한다. 그는 마음이 어지러울 때 가끔 면앙정에 들른다고 한다. 우리가 면앙정에 도착했을 때 이미 해가 늬엿늬엿 서산으로 지면서 산 오른편의 허공을 주황빛으로 물들이고 있었다. 시인은 마루에 걸터앉아 낙조를 오래 바라보았다.

면앙정俛仰亭 삼십영三十詠 중에 「불대낙조」라는 것이 있다. 불대산 또는 불태산에서 지는 낙조를 읊은 것이다. 시인의 선조인 고경명이 읊은 것을 옮겨 적는다. "병풍 같은 바위 낙조를 머금으니/서쪽을 보면 정말 아득하기만 해/까마귀 등에 금빛 번쩍이는데/빛나는 저 물결 멀리 흐르려 하네(石屛銜落照 西望正悠悠 鴉背金爭閃 波光永欲流)." 아득한 서쪽으로 노을은 지고 까마귀 등은 붉은 빛 때문에 금빛을 띠고 앞에 흐르는 내는 어딘지 모를 곳으로 흘러만 간다. 시인도 앞으로 남은 생의 여린 빛과 써야 할 시들을 가만히 마음속으로 헤아리고 있었던 것인지도 모른다.(계간『유심』2024년 여름호)

고독한 길녘의 시학

최진석 문학평론가

> 때로는 글을 읽든 홀로 생각에 잠기든 사유하는 자는
> 언제나 다시 들녘을 통과하면서 이어지는 좁은 길 위를 걷는다.
> 아침 일찍 풀을 베러 가는 농부의 발걸음에 들길이 가까이 있듯,
> 그 들길은 사유하는 자의 발걸음에도 그렇게 가까이 있다.
> — Martin Heidegger, *Der Feldweg*, 1949

1. 서정과 노래의 몫

서정시의 오래된 정의는 개인의 감정을 표현하는 글쓰기라는 점에 있다. 지극히 사소하고도 주관적인 느낌을 운문의 형식으로 담아내는 장르가 그것이다. 서정시가 서사시와 다른 점은 사

적인 내밀성을 내용으로 삼는 데 있으며, 소설과 다른 점은 그 내용을 절제되고 압축된 순간의 형식으로 구현하는 데 있다. 그런 점에서 서정시는 한 사람이 품고 있는 속 깊은 내면세계, 누구도 범접할 수 없는 은밀한 마음의 심층에 닻을 내린 문학적 양식에 해당한다. 요컨대, 서정抒情이란 시인의 마음에서 일어나는 흐름을 포착해 사방세계四方世界로 펼치는 과정을 말한다. 서정과 세계의 사이[間], 그것은 인간과 자연 사이의 문제이기도 할 것이다.

제사로 인용한 하이데거의 글귀를 돌아본다. 철학자든 시인이든 그 누구든, 사유하는 자라면 누구나 들길을 걷는 사람이다. 농부의 발자국이 이어지는 먼 들판의 길녘. 그 주변으로 작은 개울이 흐르다가 어디론가 사라지고, 다시 강으로 이르는 물줄기가 되어 시선을 사로잡는다. 머리 위로는 너른 창공이 열렸다가 어느새 나타난 먹구름에 묻히고, 갑작스레 소나기가 쏟아지다 말끔히 갠다. 촘촘한 관목숲을 헤치고 한참을 들어가 보면 저기 소롯길이 보이고, 그 부근에는 어디론가 들판을 지나는 산책자의 모습이 눈에 띌 것이다. 묵묵히 발걸음을 옮겨 놓는 그는 어떤 표정을 짓고 있는가? 엊저녁에 읽은 글귀를 헤아리는 듯싶다가도 괴로운 상념에 빠져들고, 그러나 무엇인가 떠올리며 작은 미소를 짓는 그의 내면을 알아차릴 길은 없다. 지금은 오롯이 그가 '혼자 넘는 시간'이다.

가진 거라곤 발걸음밖에 없어서 그 한가한 것을 척도로 삼는다. 오늘은 솔바람과 구름나무의 빛에 들려 숲 차원으로 돌아가는 길, 나는 어느 때부터 사람이고, 어디서부터 숨 닿는 나날이었던가. 이곳에선 게으름이나 빈둥거림도 삶의 한 방식이라서, 마구 쏠리곤 하는 억새밭에선 방황하고 표류하며 바람을 낳아볼 수도 있지.

— 「바람과 함께 숲길을 걷는 일에 대하여 – 혼자 넘는 시간」 부분

산책자의 발걸음이 무엇인지 재는 "척도"는 '한가함'에 있다. 물질적 재화나 수고로운 노동, 명예나 권위와 같은 사회적 가치로 환산되지 않는, 교환 불가능한 역설의 가치가 한가로움이다. 그것은 목적이나 이유를 따로 묻지 않는 삶의 존재 방식이기도 하다. "게으름이나 빈둥거림도 삶의 한 방식"이 되는 장소는 교환의 법칙이 지배하는 차가운 현실과 거리가 멀다. 그저 걸을 때마다 "마구 쏠리곤 하는 억새밭"이나 "방황하고 표류하며 바람을 낳"는 저 길녘에서만 유일하게 찾아볼 수 있는 '다른 세계'의 이미지일 것이다.

들길이기도 하고 숲길이기도 한 저 고독한 길녘의 풍경은 "나는 나도 아닌 채로 시방은 치자 향기가 번지는 고요"(「시간의 무늬 – 혼자 넘는 시간」)의 순간이며, "불면의 붓"을 들어 "고요와 나의 내부를 들여다보는 침묵"(「댓잎귀신들이 수묵을 친다 – 혼자 넘는 시간」)의 시간을 우리 앞에 열어 보인다. 하지만 이 형언 불가능한 무아경의 산책을 곧장 조화나 합일과 같은 아름다운 수사로 봉합하지는 말자. 매 순간마다 산책자의 걸음걸이를

바꾸어 놓는 구름 조각과 들녘의 풍경, 새소리와 곤충의 날갯짓, 저녁놀과 푸르스름한 달빛은 그로 하여금 각각의 무늬가 갖는 고유한 결에 관해 말할 것을 종용한다.

철학자라면 필경 이 찰나와 영원의 사이를 개념의 사색에 담아 봉인하겠지만, 시인에게 그것은 노래의 몫이다. 익숙한 유행가 가사가 아니라 "한 번도 노래해 본 적 없는 생의 고갱이 같은 시구들이 간혹 초록바람으로 일렁"('연두와 초록 사이 – 혼자 넘는 시간」)이는 것처럼, 그의 마음에서 새어 나오는 어떤 말들을 따라 읊어야 할 것이다. 이 책에 실린 시편들은 그렇게 흘러내린 산책자–시인 고재종의 서정, 그러니까 사십여 년간 그의 마음으로부터 펼쳐진 인간과 세계, 자연의 시적 무늬라 불러도 좋으리라.

2. 인간–사, 또는 세간의 풍경

서정시는 흔히 자연을 향한 목가적 감상과 동치되곤 한다. 하지만 산책자의 내면 깊숙한 곳에서 퍼져 나와 사방세계로 흩어지는 그의 마음은 무엇보다도 먼저 곁에 선 인간과 공명하지 않을 수 없다. 이는 서로 다른 존재자가 비슷한 울림의 강도를 갖는 것, 그렇게 공감의 주파수를 일치시키는 과정에 다름 아니다. 사람과 사람 사이[人間], 즉 인간이란 그런 공명이 진행되는 세상 사이[世間]의 풍경을 가리킨다. 꽃이든 나무든 바람이든, 자연 속 사물과 인간이 다른 점은 후자가 이름을 통해 명명되고

'나'와 맺는 실감 속에 구체화된다는 사실에 있다.

> 그는 얼굴 어디 구릿빛 세월 아닌 데가 없었다. 호기롭게 웃을
> 때마다 이빨만 하얗게 빛났다. 사기 안 치고 남의 것 탐내지 않
> 고 오로지 적수공권, 온 나라 집들을 미장美粧했다고 했다. 툭툭
> 불거진 핏줄과 쇠심줄 같은 근육만으로 깡마른 몸의 제국, 햇빛
> 에 번들번들 빛이 났다. 그 어렵다는 서울의 집, 두 자식의 취업,
> 이만하면 괜찮은 인생 아니냐는 것이었다. 그러는 눈빛은 막 딴
> 포도알처럼 형형했다. 세월도 누그러뜨리지 못한 빛이었다. 그
> 가 뺄때추니를 벗자마자 홑 잠바로 떴던 고향, 휴가차 돌아와 돌
> 담 넘어 대추 몇 알 땄다가 혼쭐이 난 기억에까지 만면이 환해졌
> 다. 40년 미장이 인생을 풀어놓는 데는 날밤이 구구절절 팽창했
> 다. 쌩쌩했다. 다만 노동이 삶의 지식이었다고 명토 박곤 했다.
>
> ―「현장소장 미장이 신충섭」 전문

　남을 속이거나 헛된 욕심에 사로잡히지 않은 채, 맨손으로 힘
겹게 일구어낸 인생. 삶에 대한 오롯한 충실성은 누구나 원하
는 것이지만 결코 아무나 이룰 수 있는 것은 아니다. 우리는 대
개 이기利己의 유혹에 빠지거나 금세 지쳐 무너짐으로써 '삶' 아
닌 '사는 것'에 매몰되는 탓이다. 그러니 근면에 일생을 바쳐 삶
의 터전을 일구고 알차게 자식마저 키워낸 필부의 보람을 어찌
존경하지 않을까? "온 나라 집들을 미장했"던 "신충섭"의 인생이
란 결국 자기 삶에 대한 충실한 "미장"이라 불러도 좋을 법하다.

이제, 그 이름을 기억하고 삶을 반추하여 노래하는 것은 마땅히 시인의 몫이니, 이는 또한 시인 자신의 삶에 대한 미장이기도 할 것이다. 그렇게 그는 자신의 인생길에서 마주친 수많은 타인에게 공명하는 노래를 부른다.

> 얼떨결에 등단한 뒤, 창비에 청탁을 주신 이시영 선생과 연이 닿아 난생처음 시 공부를 하게 되었다. 대학노트에 이삼십 편씩 써 보내면 읽고는 한두 편에 동그라미나 가위표를 한 뒤 짤막한 평을 주시곤 하였다. 어느 날엔 백석의 「주막」을 손수 쓰곤 "삶의 분한을 다 터뜨린다고 해서 문제가 해결되는 게 하나라도 있던 가요? 때론 침묵이 필요합니다."라고 하셨다.

> — 「수정돌」 부분

> 어느 날, "누구나 제 안에서 들끓는 길의 침묵을/울면서 들어야 할 때도 있는 것이다"라는 구절을 읽은 것이다. 김명인 선생의 시구였는데, 읽고는 속이 찢어질 듯해서 쓴물이 넘어오도록 울고 말았다. 선생과는 강의로건 시낭송회로건 몇 번 뵌 적이 있는데 그때마다 그 품에 안기어 울고만 싶던 것이다.

> — 「길의 침묵」 부분

시 쓰기는 시인의 삶에 대한 충실함을 집약한다. 그럼, 시란 무엇인가? 서정의 일반적 정의대로 내적 감정의 읊조림으로 충분하다면 그 과정을 구태여 서술할 필요는 없을 일이다. 하지만 그와 인연을 맺어온 시인들은, 자신의 삶과 글을 통해 시란 무엇인가라는 질문에 저마다의 답을 던져 주었다. 가령, 그것은 시가 "삶의 분한"에 대한 대리 만족이 아니라 "침묵"의 인내라는 충고이면서, "제 안에서 들끓는 길의 침묵"을 "울면서" 청취하는 행위라는 조언 같은 것이다. 사전에나 나올 법한 시의 정의와는 사뭇 다른, 글쓰기의 오랜 체험으로부터 불거진 시적 진실이 여기 있다. 물론, 그것이 다는 아니다. 천양희 시인은 "성실함과 바지런함은 우리 스스로의 삶에 대한 예의"(「시인수첩」)임을 일깨워 주었고, 김남주 시인은 "오늘은 고 시인이 주인"(「주인」)이라며 자신의 날을 만들어 가도록 독려했다. 그 외에도 고진하, 이문구, 송기원 등 글쓰기의 길목마다 문학이란 무엇인지 짚어 준 사람들의 기억이 오롯하다. 이는 문학적 교우의 풍성함에 대한 자랑이 아니라 사십여 년의 시력詩歷이 결코 자신의 힘만으로 이루어진 것이 아님을, 즉 타인과의 만남과 사건, 그 촉발을 통해 끊임없이 두꺼워진 시간의 역정이었음을 암암리에 보여 준다.

인간사人間事는 또한 인간−사人間−史이기도 하다. 지금 발 딛고 선 이 세계의 진실을 담아내는 시간의 흐름이 거기 있다. 그 세월의 사이[間]에는 인간의 지혜로는 결코 가늠을 수 없는 허망함도 있고, 원망 둘 곳조차 없는 불합리도 존재한다. 인간−사, 희로애락의 모든 감정이 분기해 나오는 저 세간의 먹먹한 진실을 보라.

반백여인의 어깨에

한 뼘 뒤의 백발노인이 손을 얹은 채
열린 대문 앞 평상에 앉아 있다

그 눈들은 조금은 먼 데
앞산을 향해 있다

달포 전 그 산에
반백여인은 남편을 묻고
백발노인은 아들을 묻었다

사람은 누가 누굴 위로할 수 있을까

– 「여인들의 먼 데」 전문

머나먼 타인. 전언의 형식 속에 삶은 한갓됨을 면치 못한다. 이름도 얼굴도 알 수 없는 타인들의 고통 앞에 '나'는 아무것도 할 수 없는 까닭이다. 해서 그들은 "반백여인"과 "백발노인"이라는 무명의 형식으로 불릴 수밖에 없지만, 그들이 바라보는 "조금은 먼 데/앞산"은 어쩐지 시인 자신을 향하는 듯하다. 그 응시의 무게는 진정 감당하기 어려운 것이다. 고통에 관한 절실한 묘사는 때로 사람을 위로한다지만, 행여 타인의 고통을 이야기로 옮기는 것이 또 다른 아픔과 슬픔의 원인이 되지 않을까 주저하지 않을 수 없기에.

그럼에도, 시인의 천분은 저 인간의 무늬에 문자를 부여하고 또 언어를 행사하는 데 있는 것. 자신이 하지 않는다면 아무도 돌아보지 않을 사건에 이름을 붙이고, 거기 쓰러진 사람을 위해 노래를 부르는 것. 오만과 독선이 될까 머뭇거리기보다, 인간-사의 목격자가 되어 문자의 증언을 남기는 것. 여기, 그의 노래의 의무가 있다.

> 이름 붙일 수 없는 눈을 포착하기 위해
> 이름 붙일 수 없는 것을 응시하는
> 나의 눈은 더는 구원받을 수 없으리라
>
> —「텅 빈 초상」 부분

인간-사는 곧 세계의 시간이자 그 흐름 안의 사건이다. 운명인지 섭리인지 알 수 없는 그 사이의 풍경이 설령 "고통의 독재"(「독학자」)라 할지라도, 이를 담아내는 시의 형식을 내려놓을 수는 없다. 시인에게 주어진 길은 묵묵히 시의 목소리를 듣고 따르는 것뿐인 까닭이다.

3. 세계-고, 혹은 닫히지 않는 문

물론, 시는 언어에서 출발한다. 상식의 계산을 통해 필요를 전달하고, 생존의 욕구를 만족시키기 위해 시장의 교환에 소용되는 사물이 언어이다. 아무런 잉여도 남기지 않은 채 완전한 의사

소통을 달성하는 것은 언어적 이성의 오래된 꿈. 하지만 그 어떤 소통도 필연코 잔여물을 남기기 마련이다. 불완전한 사물인 언어는 '너'와 '나'를 일치시킬 수 없다. 애초에 '우리'란 불가능한 언표일지 모른다. 하여 시는 언어와 대립한다. 감정의 잉여를 만들고, 그로써 역설적인 소통, 즉 합리와 통념을 벗어나는 이해를 궁구하는 글쓰기가 시이기 때문이다.

시는 현실의 바깥을 응시한다. 일상의 질서가 무너지거나 훼손된 시대에 문자의 그물을 던져 낯선 언어를 길어 올린다. 시인의 붓에 포착되는 것은 사회가 담아내지 못한 비가시성의 지대, 빈곤과 고통, 슬픔과 죽음의 현장이다. 통상의 언어로는 보지 못하고 묘사할 수도 없는, 일상의 바깥으로 내던져진 사람들의 눈빛과 목소리가 거기 있다. 시가 형상화하는 세계고世界苦는, 따라서 세계에 대한 거절 불가능한 사유[世界−考]를 촉진한다.

세상에 아름다운 시신은 없다고 한다
국립과학수사연구소 부검의 박혜진 씨는 다만
사회가 외면하는 시신의 침묵을
묵묵히 대변할 뿐이라며 웃는다
부검 날엔 몸에 배는 부패 냄새 때문에
밖에 나가 점심도 먹을 수 없는 그녀가
토막 난 사체의 위장을 가르고
썩어 문드러진 사체에서 피를 뽑고
유괴 후 숨진 아이 부검 때는 펑펑 울기도 한단다

하지만 그녀가 고독과 죽음을 관통하며

그토록 밝히고자 하는 사인死因은

저마다에게 어떻게든 있긴 있는 것일까

─「사인」 부분

　부검의에게 죽음은 업무의 일부일 뿐이다. 시신 자체도 죽음의 이유도 특별할 게 없다. 이는 죽은 자에 대한 사회의 무관심을 반영할지도 모른다. 그런데 이 죽음은 부검의의 몸과 마음에 영향을 끼친다. 이상하지 않은가? 이미 죽음에 장악되어 버린, 생의 무게를 덜어낸 잔여물이 살아 있는 생명을 움직이고, 감응시킨다니! 죽음이란 범접 불가능한 외부가 아니라, 차라리 이미 삶에 내속해 있는 생명의 일부가 아닐까? 이 시신이 바로 나일 수도 있었음을, 부검하기 위해 메스를 든 자가 거꾸로 시신의 자리에 놓일 수도 있었음을 이 시편은 묻고 있는 게 아닐까? 죽음은 삶의 바깥에 있지 않다. 지금 이 순간에도 죽어가고 있는 누군가의 사연과 상황이, 살아 있음을 철석같이 믿고 있는 우리를 뒤흔들어 죽음에 가까이 가도록 만들고 있다. 우리는 항상─이미 죽어가고 있는 존재이다. 다만 죽음의 항상성을 부인함으로써 오히려 그 죽음에 사로잡힌 자들이 바로 우리다. "우리들의 너무도 의당한 천국에서/우리들의 죽음은 스스로 저당잡힌 게 아니던가"(「사인」).

오늘도 슬픈 지상에선 무차별한 폭격과

한 청년의 외로운 참수가 있었다. 나는

좀이 슬어 엽맥만 남은 잎새 같아서

[…]

죄다 썩거나 치유할 수 없는 것들의 생이

저 거대한 고독 속으로 몰려들어선

쩍쩍 아가리를 벌리며 아우성치는 노도라 할까.

[…]

저 검은 심연이자 매끈한 매혹을 모르랴만,

익명의, 익명의 떼거리로 몰려 죽거나

수많은 응시 속에 홀로 참수될 생들의

거대한 고독, 그 속에 내가 잠겨서

―「거대한 고독」 부분

이 시편의 마지막 행인 프레데릭 파작의 말, "우리 모두 태어나기 전에는 죽어 있었다."는 그저 삶의 허무를 일깨우기 위한 한 마디가 아니다. 죽음이 고독해지는 순간, 아니 죽음만이 고독하게 남을 때 우리가 해야 할 일이 무엇인지 채근하는 질문에 가깝다. 죽음이란 누구나 홀로 맞이할 수밖에 없는 최후의 경험이지만, 또한 그 마지막을 곁에서 지켜 주는 것이 인간이 만들어온 세계의 의미일 것. 전쟁과 테러, 무차별한 살상이 난무하는 현실에서 "홀로 참수될 생들의/거대한 고독"은 분명 무엇인가를 요구한다. 만연한 죽음을 지켜보는 자들의 의무로서 애도가 바로 그것이다. 애도는 이 세계를 살아가는 너와 나의 몫으로서, 허구

296

일지언정 '우리'를 한순간이나마 가능케 한다. 시의 진실이 거기
에 있다.

> 시 삼백과 같은
> 다 큰 아이들 삼백을 수중혼으로 바친
> 어머니, 아버지 들의 감옥
>
> 어머니, 아버지 들은 스스로를 가두고
> 누구도 묻지 않는
> 죄 없는 죗값을 치른다
> 그 감옥에서 영영 출소라는 말을 지운다
>
> 아이들의 뜨겁고 거친 숨결을 삼킨
> 팽목항의 뜨겁고 거친 파도여
> 이제는 예전의 파도가 아닌 파도여
>
> 이제는 영원히 멈추지도 못할 이 파도와 함께
> 어머니, 아버지의 시계는 되레
> 그날 그 시간으로 멈춰 있다
>
> — 「수인번호 20140416」 부분

　모든 죽음은 사건이다. 이해할 수 없고, 받아들일 수도 없는
인식 너머의 사건이 죽음이다. 하루아침에 자식을 잃은 부모는

마음의 감옥에서 평생 나오지 못하고, 늘 한결같던 파도는 더 이상 그전과 같은 관조의 대상이 될 수 없다. 모든 것이 뒤바뀌었지만 멈춰 버린 시간의 흐름 앞에 죽음은 시커멓게 입을 벌린 채 우리를 응시한다. 애도는 저 달랠 수 없는 불가해의 구멍을 '우리'라는 가상의 이름으로 메우는 작업이다. 감옥에 갇힌 부모를 위무하여 걸어 나오게 해 주고, 하염없이 반복되는 파도를 다른 해안으로 빠져나갈 수 있게 하는 것. 그리하여 멈춰 버린 시간이 다시금 흐르게 만들어 주는 것. 이것이 가능할까? 세계에 대한 고통은 세계를 애도하는 사유 속에 정녕 변할 수 있을까?

　불가능할 것이다. 닫히지 않는 문을 닫고자 틈을 메우면, 그 문은 영원히 열리지 않을 것이다. 하지만 이 불가능이야말로 역설적으로 반드시 이루어야 할 일이니, 닫히지 않는 문은 닫히지 않기에 열리고 지날 수 있는 문이 되기 때문이다. 애도는 죽음을 잊거나 삶으로 대체하는 것이 아니라 또 다른 죽음이 지속되도록 길을 여는 데 있을 터. 아귀가 맞지 않는 문을 억지로 짜맞추지 않음으로써, 틈새로 바람이 일어 지나가고 또 삶과 죽음의 세월마저 지날 수 있는 공백을 열어 주는 것. 이 또한 시인의 일이려니.

　　나는 스스로 문풍지 우는 문이 되고 싶었다.
─「아귀가 맞지 않는 문이 있다」 부분

4. 자연-사, 그리고 비인간의 시간

하이데거는 죽음을 무無의 관이라 불렀다. 죽음은 단순한 끝남, 무 자체와 다르다. 그것은 받아들이는 것이며, 부재를 의미 속에 담는 행위이다. 따라서 죽음을 받아들인다는 것은 애도와 연결되고, 기억 속에 봉인하는 것이 아니라 세계 속에 펼쳐 놓는 것이다. 사방세계, 이는 땅과 하늘, 신적인 것과 죽을 자들이 하나로 포개어진 지평을 말한다(Das Ding, 1950). 여기 놓인 사물은 죽은 것이나 산 것이나 모두 평등하게 '거주'한다는 점에서 공통적이다. 무엇도 다른 무엇에 비해 우월하지 않고 열등하지도 않다. 서로는 서로에 대해 보살핌의 관계로 이어져 있을 따름이다. 물론, 사방세계 속 사물의 보살핌은 인간적 위로나 사회적 보장과 같은 가시적인 행위를 일컫지 않는다. 서로에게 내속된 채 얽혀든 삶과 죽음처럼, 보살핌은 각자의 존재방식을 통해 각자의 탄생과 생장, 그리고 죽음을 지켜봐 주는 것이다. 진정한 애도가 죽음의 증인이 되었듯.

이런 점에서 길녘의 산책은 인간의 시간과 비인간의 시간이 뒤섞인 여정이고, 땅과 하늘, 그 사이의 온갖 축생과 사물이 은밀하게 조응하며 엮여 있음을 확인하는 과정이다. 자연사自然史란 자연-사自然-事, 즉 물질과 사건이 얽혀들어 벌어지는 생성의 순환고리 전체를 일컫는다. 그러니 여기서 '고요'란 동시에 '너무 시끄러운 적막'이 아닐 수 없다.

초록으로 쓸어놓은 마당을 낳은 고요는
새암가에 뭉실뭉실 수국송이로 부푼다

날아갈 것 같은 감나무를 누르고 앉은 동박새가
딱 한 번 울어서 넓히는 고요의 면적,
감잎들은 유정무정을 죄다 토설하고 있다

[…]

아무것도 새어나게 하지 않을 것 같은 고요가
초록바람에 반짝반짝 누설해놓은 오월의
날 비린내 나서 더 은밀한 연주를 듣는다
                                    —「고요를 시청하다」 부분

박새가 확독에 고인 물을 찍고 날아가며
휘익, 살같이 흘러가는 날을 그어대는가

뒤란 대울타리 댓잎은 스적이며
외로운 것들은 서로 비비며 운다는 것일까

고양이가 폴짝 뛰어올라 고추잠자리를 놓치며
이곳이 꿈의 마당은 아니라고 하건 말건

> 나는 이덕무의 간서치 흉내를 좀 내 보는데
>
> — 「너무 시끄러운 적막」 부분

'고요'란 인간의 언어와 인식으로는 포착되지 않는 비인간의 말, 언어 너머의 사태를 가리킨다. 일상적 관점에서 그것은 일견 지극히 사소하거나 심지어 실재하지도 않는 듯 보이지만, 실상 우리가 아는 세상을 넘어선 사방세계 전체, 우주적 관점에서 벌어지는 존재와 생성의 사태 일반을 증거한다. 눈에 보이지 않은 채 쌓이고 뭉치고 흐르는 저 고요는 "시간의 소리"(「오래된 질문」)를 울리며, "시계 밖의 시간"(「산방에 쌓이는 고요」)을 드러낸다. 당신 몸의 온 감각을 열어서 보고 듣고 맡고 또 느껴 보라. 동박새의 울음과 오월의 날 비린내, 스적이는 댓잎, 고양이의 풀쩍 뛰어오름… 이 모두가 "경이의 전언"(「휘파람새 소리는 청량하다」)이 아닐 수 없다. '책만 보는 바보'라는 뜻의 간서치看書痴는 인간의 무능이자, 그의 불가피한 존재 조건이다. 마치 삶과 죽음의 뒤얽힘을 모르는 것마냥, 한낱 인간의 지혜로 짜인 지식으로는 저 시끄러운 고요의 이면을 절대 들여다볼 수 없다. 다만 어렴풋이 감지하고 감수感受할 밖에. 사방세계의 순환 속에서는 영물도 미물과 구별되지 않고, 너도 나와 다르지 않으며, 나는 나이자 동시에 나 아닌 것 모두라는 진실을.

> 무심코 숲길을 걷는데
> 문득 순백의 은종이 조랑조랑 달린

은방울꽃 천사가 눈앞이다

바람자락에 나뭇잎 일렁이듯

나는 목적 없이도 생 하나로 느껍다

여기의 나, 저기의 나에게

고라니의 순한 눈망울

위의 나, 아래의 나에게

숲을 쪼는 딱따구리 소리

지금의 나, 내일의 나에겐

산영이 잠기는 푸른 호수

은방울꽃 맑디맑은 향기가

코끝에 스치는, 바람 부는 날

여기 온통 생생한 나는

나 없이도 모두 나다

– 「은방울꽃 어사화」 부분

    산책하고 길녘을 살피는 것은 인간적 목적이나 관념을 벗어나는 행위이다. "경쟁과 속도의 시간"(「휘파람새 소리는 청량하다」)을 빠져나와, 들길과 숲길, 오솔길과 은행나무길, 사과 꽃길과 동백숲길, 때로는 빈들을 가로질러 대숲을 관통하는 이 여정에서는 "누구도 시간을 묻지 않"고, "누구도 값을 매기지 않"으며, "아무것도 들음이 없이 다 듣는다"(「보살」). 오직 "시와 나비의 리듬"(「에로스의 혀」)만이 그윽한 이곳은 "시간이 스스로를 빗질하는 바람 소리로 정갈"(「죽리관 그쯤에 달방이라도 한 칸 붙일까」)할 따름이다. "이미 난 길들의 지도를 버리고/[…]/꽃의 권력을 따"(「꽃의 권력」)르는 걸음걸이는 고독과 그리움으로 감싸인다. 사방세계의 모든 존재자가 서로 이어져 생멸의 순환을 거듭함을 알고 있어도, 개별적 사멸의 애처로움을 완전히 떨치지 못하는 까닭이다. 해서 길녘을 따르는 여정이 인간적 정서를 못내 탈각하지 못함은 지극히 인간적이라 부를 노릇이다.

> 이제 비울 것 다 비우고, 저 둔덕에
> 아직 꺾이지 못한 억새꽃만
> 하얗게 꽃사래 치는 들판에 서면
> 웬일인지 눈시울은 자꾸만 젖는 것이다
> […]
> 텅 빈 충만이랄까 뭐랄까, 그것이 그리하여
> 우리 생의 깊은 것들 높은 것들
> 생의 아득한 것들 잔잔한 것들
> 융융히 살아오게 하는 늦가을 들판엔
> 이제 때 만난 갈대만이 흰 머리털 날리며
> 나를 더는 갈 데 없이 만들어 버리고
> 저기 겨울새 표표히 날아오는 들 끝으로
> 이윽고 허심의 고개나 들게 하는 것이다
>
> —「텅 빈 충만」 부분

산책자의 발걸음이 도가적 명상이나 불가적 해탈을 연상시키면서도, 시적인 사유를 포기하지 못하게 만드는 지점이 이곳이다. 삶과 죽음, 자연과 세계, 인간과 비인간의 구별이 무망해지는 사방세계의 진리 앞에 멈춰 스스로를 부정하기보다 자기의 현존이 인간에 있고 또 인간일 수밖에 없음을 자각하여 그에 다시 충실히 살아 보는 것, 세간의 풍파를 감당하고 세월의 파랑을 받아들이는 것이 회피할 수 없는 생의 진실임을 수긍하는 것. 그리하여 노래가 자신에게 주어진 길의 운명임을 자임하는 것. 이것이 산책자가 들길에서 마을로 발걸음을 돌린 까닭일 터.

해거름, 들길에 선다. 기엄기엄 산그림자 내려오고 길섶의 망초꽃들 몰래 흔들린다. 눈물방울 같은 점점들, 이제는 벼 끝으로 올라가 수정방울로 맺힌다. 세상에 허투른 것은 하나 없다. 모두 새 몸으로 태어나니, 오늘도 쏙독새는 저녁 들을 흔들고 그 울음으로 벼들은 쭉쭉쭉쭉 자란다. 이때쯤 또랑물에 삽을 씻는 노인, 그 한 생애의 백발은 나의 꿈. 그가 문득 서천으로 고개를 든다. 거기 붉새가 북새질을 치니 내일도 쨍쨍하겠다. 쨍쨍할수록 더욱 치열한 벼들, 이윽고는 또랑물 소리 크게 들려 더욱더 푸르러진다. 이쯤에서 대숲 둘러친 마을 쪽을 안 돌아볼 수 없다. 아직도 몇몇 집에서 오르는 연기. 저 질긴 전통이, 저 오롯한 기도가 거기 밤꽃보다 환하다. 그래도 밤꽃 사태 난 밤꽃 향기. 그 싱그러움에 이르러선 문득 들이 넓어진다. 그 넓어짐으로 난 아득히 안 보이는 지평선을 듣는다. 뿌듯하다. 이 뿌듯함은 또 어쩌려고 웬 쑥국새 울음까지 불러내니 아직도 참 모르겠다. 앞강물조차 시리게 우는 서러움이다. 하지만 이제 하루 여미며 저 노인과 나누고 싶은 탁배기 한 잔. 그거야말로 금방 뜬 개밥바라기별보다도 고즈넉하겠다. 길은 어디서나 열리고 사람은 또 스스로 길이다. 서늘하고 뜨겁고 교교하다. 난 아직도 들에서 마을로 내려서는 게 좋으나, 그 어떤 길엔들 노래 없으랴. 그 노래가 세상을 푸르게 밝히리.

– 「들길에서 마을로」 전문

❋

고재종의 사유는 인간과 세계, 자연이라는 추상을 넘어 그 실상과 대면하려는 여정이라 할 만하다. 낡은 관념의 유희를 벗어나 문자로 다듬고, 살아 있는 말의 성좌에 엮어 매는 이 과정은 "잔혹한 고독을 경작하는 일"(「국외자」)에 비견된다. 일상의 질서로는 포착되지 않는 세간의 목소리를 듣고, 보이는 세계 이면에서 벌어지는 사건을 감지하며, 자연의 사태 전체를 통찰해야 하는 자기만의 길에 던져져 있기 때문이다. 일흔을 바라보는 그의 삶을 돌아볼 때, 생활의 인질이 되었으면서도 기꺼이 시의 동반자가 되기를 소망했던 '독학자의 길'이 그것을 증명하리라. 고통의 독재에 순종하면서도 멈추지 않는 춤을 통해 시의 날을 맞이

하고자 했던 저 밤의 기록을 보라.

깬 소주병을 긋고 싶은 밤들이었다 겁도 없이
돋는 별들의 벌판을 그는 혼자 걸었다 밤이 지나면
더 이상 살아 있을 것 같지 않은 날들이었다
풀잎 끝마다 맺히는 새벽이슬은 불면이 짜낸 진액
같았다 해도 해도 또다시 안달하는 성기능항진증
환자처럼 대책 없는 생의 과잉은 끝이 없었다
[…]
오직 해석만이 있고 원문은 알 수 없는 생을 읽고자
운명을 유기해도 좋았다 운명에겐 모욕이었겠지만
[…]
도대체 아니 되는 그 고통의 독재를 안고 넘으며
그에겐 인간만 남았다 자신의 불행을 춤으로 추었던
조르바처럼 한 번이라도 춤을 추지 않는 날은
잃어버린 날이라도 되는 것 같아 춤을 멈추지 않는
사람처럼, 벌판의 황량경이 삭풍에 쓸리는 나날을 불러
그는 홀로움의 신전에 향촉을 피웠다 그처럼
무장무장 단순한 인간만 남아 보리수 아래서 울었다

—「독학자」 부분

어쩌면 시인에게 고통의 밤이란 "썩지 않고 들끓는 고독의 항
성"(「시간에 기대어」)을 직시하고 그로부터 쏟아져 "천지간에 넘

306

치는 불립문자"(「저물녘의 우주율」)를 수신하는 시간이었을 듯하다. 온몸을 던져 받아내야 할 그 순간들은 초탈의 이름으로 회피하고 싶은 고뇌로 가득 차 있거나, 속악한 일상으로 도망쳐서라도 떨쳐내고 싶은 오욕의 진창이었을지 모른다. 하지만 도피로는 결코 이를 수 없는 "생의 극점"(「명작」)에 다가서고자 "고독의 날것까지"(「오월 다저녁때의 초록 호수」) 품는 경험 없이 어찌 시를 말할 수 있을까? 매번 죽고 매번 태어나는 "늘 외롭고 장엄한 일"(「산에 다녀왔다」)로서 시작詩作이란 필경 들길과 숲길, 빈들과 대숲, 혹은 길과 길 아닌 길 사이를 헤집어가는 시작始作의 필연을 긍정하는 데 있으리라. 시인이 다시금 길녘의 시간으로 나설 수 있게 시작詩作하는.

강아지풀은 이삭을 끄덕이며 제 길을 수긍한다
산국은 꽃 점점의 형광으로 제 길을 밝히고
은사시나무는 우듬지를 흔들어 길을 드높인다
동박새는 또 목청을 가다듬어 제 길을 노래하고
살쾡이는 튀는 발이 날래어 없는 길도 뚫는다
시방 물들고 시드는 숲에서도 길은 닫히지 않는다
추풍 치고 잎 덮이는 그 밑에선 땅강아지가 길을 판다

시방 이 숲에서 숨 타지 않은 길은 하나도 없어
보이는 길도 보이지 않는 길도 썩 깊고 아득할 뿐!

— 「길 ─ 오솔길의 몽상」 전문

307

고독한 길녘의 시학은 아직 완성되지 않았다. 산책자가 산책을 마치지 않았고, 시인이 작품에 마침표를 찍지 않은 까닭이다. 사유는 그로 하여금 저 먼 길을 나서게 했지만, 이 여정을 마무리 짓는 것은 그의 의지가 아니다. 시인의 마음으로부터 사방세계로 번져갔던 서정의 흐름은 길과 길 아닌 곳을 지나 또 다른 길을 열어가는 한, 시의 노래를 결코 그칠 수 없을 것이다.

작품 출전

제1부

『독각』 (문학연대 2022)
푸른 장미의 노래 / 시간의 무늬 / 솔새의 연주를 들었다 / 댓잎
귀신들이 수묵을 친다 / 장미와 롤리타 / 연두와 초록 사이 / 독
각 / 바람과 함께 숲길을 걷는 일에 대하여 / 휘파람새 소리는
청량하다 / 은방울꽃 어사화 / 보랏빛 향기 / 낙관 / 봉창이 밝
아진다 / 여인들의 먼 데 / 현장소장 미장이 신충섭 / 일귀신 장
전댁 / 사랑, 풍경 소리에 스치다 / 에로스의 혀 / 산방에 쌓이는
고요 / 오래된 질문

『고요를 시청하다』 (문학들 2019)
고요를 시청하다 / 너무 시끄러운 적막 / 오월 다저녁때의 초록
호수 / 침묵에 대하여 / 저물녘의 시편 / 죽리관 그쯤에 달방이
라도 한 칸 붙일까 / 화관花冠 / 장작불 / 낡은 벽시계 / 고금기孤
衾記 / 우리 동네 황후 이야기 / 삼지마을 적송 이야기 / 길은 내
가 홀로 흐르는 꿈 / 하얀 팔뚝 / 수정돌 / 살구나무 / 주인 / 길
의 침묵 / 잡초 음식 / 시인수첩

제2부

제3부

『새벽 들』 (창작과비평사 1989)

달마중 / 밤꽃 피는 세상 그려 / 낫질 / 빈 들 / 귀가 / 대숲이 부르는 소리

『바람 부는 솔숲에 사랑은 머물고』 (실천문학사 1987)

추석 / 딸기빛 처녀 / 흰머리 / 빈손 / 고무신 막걸리 / 출자금 / 주인 / 보성댁의 여름 / 상사병 / 똥값 / 대숲 울음 / 설움에 대하여

1957년   전라남도 담양군 수북면 궁산리 163번지(현 수북면 구암길 7-8)에서 태어났다. 아버지 장흥인長興人 고광득과 어머니 진주강씨晉州姜氏 말례 사이 9남매 중 차남이다. 임진왜란 때 의병장이었던 제봉 고경명과 그의 둘째 아들 의열공 고인후의 가문이었으나, 일제강점기 때 오랜 유랑생활 끝에 32살에야 무일푼으로 돌아온 아버지의 가계에서 오로지 죽세공 일 하나로 연명하느라 혹독한 가난을 치렀다.

1972년   초등학교 졸업 후 전교 1~2등을 한 아들에게 공장엘 가라는 아버지의 말에 1년 동안 광주의 한 목재소에서 일했으나, 공부에 대한 불타는 욕심으로 뛰쳐나와 면소재지에 신설된 중학교에 입학하였다.

1973년   중학교 2학년 때 〈광주일보〉에서 실시한 호남예술제에서 「새마을 길」이란 산문으로 대상을 타게 됐는데, 이게 신문에 게재되는 바람에 문학소녀였던 동급생의 누나를 알게 되어 평생 문학의 길을 걷게 되는 형벌이자 행복의 길을 걷게 됐다.

1976년	우여곡절을 겪은 공부를 더 이상 유지할 수 없어서 농업고등학교 축산과 1학년 중퇴로 제도권교육을 마감하고 이후 세상과 삶에 대한 분노로 10여 년 간 서울, 부산 등지를 떠돌았다. 아울러 공부에 대한 콤플렉스로 갖은 일을 하면서도 많은 책을 읽게 됐는데, 그게 병이 됐는지 아직도 매달 20여 권의 신간을 사들이고 있다.
1984년	방위복무를 마치고 부산 여동생 집에서 잠시 기거하며 서면의 영광도서에 들락거리던 중 우연히 창비판 시집 두 권을 보게 되었는데, 이를 계기로 일주일 만에 20여 편의 시를 써서『실천문학』에 보냈다. 그 중「동구밖집 열두 식구」등 7편이 소설가 송기원 선생의 추천으로 실천문학 신작시집『시여 무기여』에 실렸다.
1985년	창비에서 청탁받은 시가 게재되지 않아 이때부터 시 공부를 본격적으로 하고자 한번에 20~30편의 시를 대학노트에 써서 창비 이시영 선생께 보내고 또 답을 받기를 2년 여간 계속했다.
1987년	마침내 첫 시집『바람부는 솔숲에 사랑은 머물고』(실천문학사)를 간행하게 되었다. 이때는 이미 고향에 돌아와 부모의 농사일을 거들며 쓴 농민이야기 시집이어서 외부로부터 '농민시인'이라는 타이틀을 얻었다.
1988년	충남 당진에서 초등학교 교사를 하던 아내 김용숙 (1962년생)과 결혼하여 이듬해 외아들 우석을 낳았

다. 이후 그토록 꿈꾸었던 소설쓰기를 그만두었는데, 무일푼으로 시작한 생활전선에서 긴 소설쓰기는 사치이자 무리였기 때문이다.

1989년   농민운동을 하며 농사일지를 적은 제2시집『새벽 들』(창작과비평사)을 간행하였다. 문학평론가 윤지관 교수 등으로부터 주체적 농민시의 결실이라는 평을 들었다.

1991년   전남일보에 16개월 간 매주「지금 농촌은」이라는 제하의 칼럼을 연재했는데 그 결과물로 제1산문집『쌀밥의 힘』(푸른나무)을 간행하였다.

1992년   제3시집『사람의 등불』(실천문학사)을 간행하였는데, 이 시집으로 1993년 제11회 신동엽 창작기금(현 신동엽문학상)을 받게 되었다. 하지만 이때부터 간염을 앓게 되어 이후 10년여 간의 긴 투병을 했다.

1995년   제4시집『날랜 사랑』(창작과비평사)을 간행하였다. 간염 악화로 더 이상 농사를 지을 수 없어서 가족과 함께 광주광역시 용봉동 금호아파트 101동 608호로 이주하였다. 이후 광주 가톨릭센터와 대학의 평생교육원 등에서 시 강의로 생활하였다.

1996년   환경운동단체인 녹색연합의 기관지『생명나무』에 3년여간 연재한 글들을 모아 제2산문집『사람의 길은 하늘에 닿는다』(문학동네)를 간행하였다. 이 산문집으로 1997년 제15회 흙의 문예상(농림부 주관)을 수상

하였다. 계간 시전문지『시와사람』을 강경호(발행인),
신덕룡, 이지엽 교수 등과 함께 창간하여 초대 편집
주간과 편집위원을 2001년까지 역임하였다. 아울러
사단법인 한국작가회의 이사에 취임 후 2015년까지
역임하였고, 이 해에 녹색연합으로부터 녹색생명상
을 받았다.

1997년 제5시집『앞강도 야위는 이 그리움』(문학동네)을 간행
하여 제2회 시와시학상 젊은시인상을 받았는데, 농촌
농민시를 기반으로 한 생태적 상상력의 시들로 시세
계를 확장했다는 문학평론가 이숭원 정효구 교수 등
의 평가를 받았다.

2001년 제6시집『그때 휘파람새가 울었다』(시와시학사)를 간
행하여, 이 시집에 실린 시로 제16회 소월시문학상을
수상하고『제16회 소월시문학상 작품집』(공저)을 냈
다. 한국민족예술인총연합 광주전남지회 부회장 취
임 후 2004년까지 역임하였다.

2004년 제7시집『쪽빛 문장』(문학사상사)을 간행하였다. 이
때 한 가족구성원의 '강직성척추염'이라는 난치병 진
단을 받고, 이로부터 다시 촉발된 어두운 실존의식과
그 고통이 재개되어 이후 시집을 내지 않았다. 평생
친구였던 술에 더욱 탐닉하였다.

2005년 계간 종합문예지『문학들』을 발행인 송광룡, 편집위원
나종영, 채희윤, 임동확, 이화경, 김형중 등과 함께 창

간하여 초대 편집주간을 2010년까지 역임하였다.

2006년 담양문화원 경영을 맡아서 2013년까지 1,200쪽이 넘는 향토문화연구서 『담양문화원형대계』, 『담양문화재대관』을 정리하고, 『담양의 누정기행』, 『담양의 가사기행』, 『담양방언사전』, 『면앙정 삼십영』(문학들) 등을 편찬하였다.

2008년 광주전남작가회의 회장 취임 후 2010년까지 역임하면서 '문학과 예술', '문학과 철학' 등 인문학 포럼을 열었고, 이 해에 그간 부모의 작고로 비어 있는 고향 집으로 책 보따리를 싸들고 혼자 이거하였다.

2010년 산문집 『그리움의 발견』(오정희, 곽재구, 이정록과 공저)을 발간하였고, 처음 신덕룡 교수와 함께 만들었던 《비타포엠 시낭송회》을 이끌며 천양희, 김명인, 고진하, 송찬호, 문인수, 송재학, 나희덕, 장석남, 문태준, 최영철 등 한국시단의 핵심 시인들을 초청, 그들의 시 이야기를 들었다.

2012년 육필시선집 『방죽가에서 느릿느릿』(지식을만드는지식사)을 간행하였는데, 이 시집은 첫 시집부터 제7시집까지에서 57편을 자선해 육필로 쓴 시선집이다.

2016년 사단법인 한국작가회의 부이사장에 취임 후 2017년까지 역임했다.

2017년 13년 만에 제8시집 『꽃의 권력』(문학수첩)을 간행하였는데, 오랜 절필 끝에 나 자신의 삶과 세계를 '있는 그대로' 보자고 한 생각을 천착한 결과였다. 이 시집으로 2018년 제15회 영랑시문학상을 수상했다. 또한 주옥같은 우리 시 180여 편에 대한 행복한 교감을 피력한 시 에세이집 『주옥시편』(문학들)을 발간하였다.

2019년 제9시집 『고요를 시청하다』(문학들)를 출간했다. 이 시집으로 2022년 제6회 송수권시문학상을 수상했다. 국립아시아문화전당 아시아문학페스티벌 조직위원을 맡아 2022년까지 역임했다.

2020년 종합문예지 『문학들』 시평 란에 게재했던 글들을 모아 시론집 『시간의 말』(문학들)을 발간했다. 광주전남작가회의 고문을 맡았다.

2021년 등단 이후 각종 매체에 발표했던 산문들 중 꼭 남기고 싶은 글들만을 추려서 산문집 『감탄과 연민』(문학들)을 발간했다.

2022년 불교와 명상에 심취하던 중 선문답과 현대시의 교감을 모색해본 에세이집 『시를 읊자 미소 짓다』(문학들)를 발간했다. 제10시집 『독각』(문학연대)을 발간하였는데, 이 시집으로 2023년 제5회 조태일문학상과 제11회 송순문학상을 수상했다.

2023년 중고등학교 국어, 문학교과서에 「첫사랑」 등 다수의 시와 「감탄과 연민」 등 산문이 게재됐고, 이로 인해 고등학교 전국 단위 여러 시험에 시가 곧잘 문제로 출제되기도 했다. 등단 이후 학교 및 여러 단체들의 초청을 마다하지 않고 강의에 나갔고, 요즘도 그런다.

2024년 등단 40주년을 맞아 그간 발간한 10권의 시집에서 뽑은 150편의 시로 시선집 『혼자 넘는 시간』(문학들)을 간행했다. 현재는 고향집에서 텃밭을 가꾸며 평생을 이끈 책들 그리고 갖가지 병고와 함께 생활하고 있는데, 10년 전 평생의 친구였던 술을 끊은 대신 고양이를 얻어 그들과 대화하며 사는 재미가 조금은 있다.

혼자 넘는 시간

초판1쇄 찍은 날 | 2025년 2월 3일
초판1쇄 펴낸 날 | 2025년 2월 20일

지은이 | 고재종
펴낸이 | 송광룡
펴낸곳 | 문학들
등록 | 2005년 8월 24일 제2005 1–2호
주소 | 61489 광주광역시 동구 천변우로 487(학동) 2층
전화 | 062–651–6968
팩스 | 062–651–9690
전자우편 | munhakdle@daum.net
블로그 | blog.naver.com/munhakdlesimmian
값 20,000원

ISBN 979-11-94544-04-3   03810